EMBOSCADA NO FORTE BRAGG

Tom Wolfe

EMBOSCADA NO FORTE BRAGG

Quando a Rede Poderosa
de Televisão se confronta com
os Lordes da Testosterona,
alguém vai acabar se dando mal

Tradução de Toni Marques

Coleção **L&PM** Pocket, vol. 723

Título original: *Ambush at Fort Bragg – When the Mightiest Television Network meets up with the Lords of Testosterone, someone's bound to get hurt*
Publicado pela Editora Rocco em formato 14 x 21cm em 1998

Este livro foi publicado mediante acordo de parceria entre a Editora Rocco e a L&PM Editores exclusivo para a Coleção L&PM Pocket
Primeira edição na Coleção **L&PM** POCKET: setembro de 2008

Tradução: Toni Marques
Capa: Marco Cena
Pesquisa de terminologia regional: Luiz Otávio Soares
Revisão: Marianne Scholze

CIP-Brasil. Catalogação-na-Fonte
Sindicato Nacional dos Editores de Livros, RJ

W837e   Wolfe, Tom, 1931-
         Emboscada no Forte Bragg: quando a rede poderosa de televisão se confronta com os lordes da testosterona, alguém vai acabar se dando mal / Tom Wolfe ; tradução de Toni Marques. – Porto Alegre, RS : L&PM ; Rio de Janeiro : Rocco, 2008.
         136p. – (Coleção L&PM Pocket; 723)

         Tradução de: *Ambush at Fort Bragg : When the Mightiest Television Network meets up with the Lords of Testosterone, someone's bound to get hurt*
         ISBN 978-85-254-1803-6

         1. Romance americano. I. Marques, Toni, 1964-. II. Título. II. Série.

08-3254.   CDD: 813
                             CDU: 821.111(73)-3

© 1996 by Tom Wolfe. Originalmente publicado em *Rolling Stone*
Direitos de edição da obra em língua portuguesa no Brasil adquiridos pela Editora Rocco Ltda. Todos os direitos reservados.

EDITORA ROCCO LTDA
Av. Pres. Wilson, 231 / 8º andar – 20030-021
Rio de Janeiro – RJ – Brasil / Fone: 21.3525.2000 – Fax: 21.3525.2001
email: rocco@rocco.com.br
www.rocco.com.br

L&PM Editores
Rua Comendador Coruja, 314, loja 9 – Floresta – 90220-180
Porto Alegre – RS – Brasil / Fone: 51.3225.5777 – Fax: 51.3221.5380
PEDIDOS & DEPTO. COMERCIAL: vendas@lpm.com.br
FALE CONOSCO: info@lpm.com.br
www.lpm.com.br

Impresso no Brasil
Inverno de 2008

SUMÁRIO

PRIMEIRA PARTE
    Eu, Irv 7

SEGUNDA PARTE
    A importância de Lola Thong 35

TERCEIRA PARTE
    O verdadeiro macho 71

QUARTA PARTE
    Culpado! Culpado! Culpado! 101

O AUTOR 135

PRIMEIRA PARTE

Eu, Irv

Já passava da meia-noite. Na sala de controle da rede de emissoras, em Nova York, um homem e uma mulher estavam sentados dentro de um cubículo envidraçado, olhos fixos em dois monitores de televisão. O homem aparentava ter pouco mais de quarenta anos, mas já era quase inteiramente calvo, exceto por um chumaço de cabelos ruivos que arqueava no topo sardento de sua cabeça, como o arco de um headphone. Usava óculos para vista cansada, tinha papada, costas curvadas, ombros arredondados e uma enorme e pesada pança, realçada pelo surrado suéter cinza que estava usando. Tinha, também, um jeito meio desajeitado de se acomodar na cadeira, de forma que seu peso repousasse na base da espinha. Era, em suma, um sujeito de aspecto desleixado, que tinha plena consciência disso, mas não dava a mínima.

A mulher era aproximadamente da mesma idade que ele, mas possuía a seu favor uma vasta cabeleira loura e uma postura ereta e elegante. Tinha ossatura larga, ombros de bom tamanho, vestia calças de flanela bege claro, um bem cortado blazer, de um tweed incrivelmente felpudo, e uma blusa de seda marfim.

Qualquer uma das peças de seu vestuário, até mesmo a sapatilha que calçava, custava mais do que todas as combinações de roupas possíveis do sujeito numa semana. Diante daquela mulher, o homem parecia, simplesmente, insignificante. É claro que ele também percebia isso, mas tampouco dava a menor importância.

De vez em quando ele se ajeitava na cadeira e olhava de esguelha para a mulher, uma senhora loura, sentada ali na cadeira tão ereta e elegante como uma garota de 13 anos num cavalo de competição, e deslizava um pouco mais para baixo. Ele vinha desistindo de manter postura, pose, modos amáveis, formalidade ou outra qualquer superficialidade dessas, atributos marcantes de Sua Alteza Loura. Além disso, que importava toda essa postura e educação para quem se encontra dentro de um cubículo, de madrugada, monitorando uma transmissão, pelamor de Deus? Através das paredes de vidro, podia enxergar toda uma bancada de monitores com luzes brilhando e tremeluzindo do lado de fora do cubículo, na sala de controle. Mas olhava para aquilo sem registrar. Naquele momento só tinha duas coisas na cabeça: as duas telas bem na sua frente e a tarefa de convencer Dona Belezura a prestar atenção no que se passava nos monitores. O que acontecia naquelas telas era, para ele, o acontecimento mais importante do mundo.

Os monitores mostravam a mesma imagem, transmitida através de um circuito particular de fibra ótica – absurdamente caro – com diferentes ângulos de câmeras ativadas por controle remoto. Nos dois aparelhos, dentro do cubículo, podia-se ver, perfeitamente, três jovens brancos, de camiseta, entre 21 e

22 anos de idade, aproximadamente. Eram garotos tomando cerveja num reservado de bar surrado, com bancos de couro falso, mesas com tampos de fórmica manchada e pequenas luminárias. Os três tinham traços finos, mandíbulas e queixos bem definidos e bochechas rosadas. Os cabelos estavam cortados tão rente que suas orelhas se projetavam. Felizes e já um tanto bêbados, irradiavam a saúde primitiva e animal da juventude, discernível até mesmo na penumbra de um bar decadente de garotas *topless*, com imagem transmitida, via fibra ótica, para uma sala de controle da rede.

Àquela altura da noite, os jovens já tinham atingido o estágio da tagarelice. A conversa dos três se confundia um pouco com o bate-estaca irritante de uma banda de *country metal*, cuja imagem não podia ser captada pela câmera. Mas, apesar do barulho e graças às maravilhas da moderna vigilância eletrônica – neste caso, um microfone instalado na pequena luminária da mesa de bar –, o homem e a mulher podiam ouvir, razoavelmente bem, cada palavra do que estava sendo dito. Se é que alguém poderia chamar de palavras o que era balbuciado.

O maior e mais musculoso dos três estava falando. Sua voz lembrava a de uma criança pequena:

– Qualqui é, cá?

– Meu Deus do céu, Irv, o que ele está dizendo? – indagou a Louraça Pomposa.

– Ele está dizendo "Qual é a sua, cara?" – respondeu Irv.

Ele disse isso em voz baixa, sem tirar os olhos dos monitores e se afundou ainda mais em sua poltrona, como se estivesse se enclausurando numa concha.

Era sua forma de demonstrar que perguntas e comentários não seriam bem-vindos.

No monitor, o rapaz musculoso continuava sua fala:

— Tu num viu cobra porrninhuma... Tu só podi tá de sacanagi pra dizê que viu uma cobra deis tamãe, qui mermo, nu mei do dia...

— Tô ti falano cara... Eu vi ela. Eu vi ela sim. Sem sacanagi, Jimmy...! — exclamou o rapaz mais magro, sentado do outro lado da mesa.

— Tu sabe cumuéquié, de manhã... cumecim da tardi.... o sol fica fortaço. Elas se amarro em vi puraqui e se esticá aí na calçada de cimento, na frenti do armazém. Aí viuma grandaça, cara. A sacana par'cia mais cuma porr duma manguera de gasulina...

A louraça deixou escapar um sonoro suspiro.

— Mas o que é... que... essas pessoas... estão dizendo?! Vamos ter que usar legendas nessa matéria, Irv. E veja se alguém pode dar um jeito na iluminação...

— Eu não quero usar legendas – comentou Irv, quase sussurrando, num tom de admoestação, designado para fazer com que a loura calasse a boca. — Não quero dar a impressão de que alguém que persegue e ataca gays é um ser de outro planeta. Porque não é. Quero mostrar, justamente, que esse cara é uma pessoa comum, poderia ser o filho do seu vizinho. Esses caras são tão americanos como *hot dog* ou *milkshake*, mas também são fanáticos e assassinos.

— Tudo bem, tudo bem... — concedeu Sua Ereta Majestade. — Mas vamos supor que um desses três garotos, de repente, enquanto a gente estiver assistindo à transmissão, diga tudo o que a gente quer ouvir.

Suponha que um deles acabe confessando: *Apaguei o cara na moral*. Só que vai sair assim: *Paguei o car namorau*. O telespectador não tem obrigação de entender o que eles estão dizendo. Para todos os efeitos, esses sujeitos poderiam estar falando romeno... Acho melhor usar legendas.

– Não é tão difícil, assim – murmurou Irv, ainda mais rabugento. – Pensei que você fosse da mesma região desses caras.

– Eu sou, mas...

A loura não chegou a completar a frase. Ela tinha os olhos grudados nos monitores.

– Essa iluminação realmente está muito fraca...

– Muito fraca?! – redarguiu Irv, aumentando o tom da voz. Ele agora gesticulava na direção dos monitores. – Você pensa que isso é uma gravação de algum seriado? Isso aí que você tá vendo é um barzinho barato com garotas de peito de fora, uma espelunca, um boteco em Fayetteville, na Carolina do Norte. Pelo amor de Deus, Mary Cary, a gente tá olhando a vida real em tempo real... *E essa é a própria luz do lugar*!

– Tá certo... Mas já que a gente teve o trabalho de grampear todo o lugar com fios e microfones, não custa... Quem é o produtor responsável pela matéria?

– Ferretti.

– Liga logo para lá, quero falar com ele.

– Eu não vou ligar pra ele no meio de uma *transmissão ao vivo*. É ele quem está monitorando *toda a operação secreta*!

– E daí? Não vejo qual a diferença de...

– Shhhhhhh! – comandou Irv, deslizando ainda mais para baixo e concentrando sua atenção nos monitores, como se os três garotos estivessem a ponto de dizer algo importante. Mas, ouvindo bem, os três continuavam jogando conversa fora, caipirices sobre cobras e sabe Deus o que mais.

Na verdade, Mary Cary tinha razão. Eles provavelmente *teriam* mesmo que usar legendas nessa matéria. Mas não queria ter o desprazer de admitir que ela estava certa. Ele simplesmente não podia suportar o jeito como se referia à *nossa matéria* e *a gente fez*, ou *a gente vai*. Como se tivesse contribuído, de alguma forma! Até aquela noite, quando finalmente concordara em gastar umas duas horas de seu tempo observando a transmissão ao vivo, ela não havia participado de nada. Mas é claro que estaria disposta, como sempre, a entrar em cena e colher os louros. Irv depositava grandes esperanças nesse projeto. Tinha quase absoluta certeza de que *tudo ia sair como planejado*. Imagine se, de repente, tudo desse certo e ele tirasse mesmo a sorte grande... Imagine se aqueles três soldados se incriminassem no vídeo... Adivinhe quem receberia todos os elogios e todo o reconhecimento pela matéria? Todos os jornais, editoriais, discursos de políticos, cartas de telespectadores só falariam dessa grande e corpulenta loura quarentona, que se sentava ali, convencida, como se estivesse no comando das coisas. Todo mundo só se lembraria de Mary Cary Brokenborough.

O jeito idiota e irritante como ela falava seu próprio nome pela TV veio, de repente, à sua mente. Quando estava no ar, ela ainda guardava um certo sotaque sulista. Merry Kerry Brouken Berrah. Era desse jeito que saía. Ela pronunciava o próprio nome como se fosse uma rima ritmada. Soava ridículo, mas as pessoas adoravam:

Merry

Kerry

Brouken

Berrah

Ele olhou furtivamente para ela. A luminosidade dos monitores brincava em seu rosto largo. Se alguém chegasse bem perto, notaria que não era mais lá essas coisas. Havia alguma coisa pesada naquela suposta beleza. Tinha 42 anos, sua pele estava ficando grossa, o nariz estava engrossando e os lábios também estavam mais grossos. Seus cabelos estavam cada vez mais brancos e ela os mandava tingir em algum cabeleireiro da Avenida Madison, ou, então, alguém ia em casa. Oito anos atrás, quando assinou seu primeiro contrato com a emissora, ela ainda era – Irv fechou os olhos por um instante e tentou se lembrar de como lhe parecia naquela época, mas em vez de *vê-la*, experimentou, mais uma vez, aquela sensação de humilhação... as esnobadas, as ironias de que era vítima sempre que tentava qualquer tipo de aproximação... *Ummmmhhhh*! Ao se lembrar de tudo aquilo, não pôde evitar um sonoro gemido. Irv Durtscher, o judeuzinho gordinho e careca... Era assim que ela o fizera sentir... e ainda fazia. Bem... de qualquer maneira, aquela aparência de bela menina sulista estava degenerando rapidamente... Mais uns cinco anos... Embora fosse, ainda, muito fotogênica e pela televisão aparentasse ser uma senhora louraça. Uma caricatura de louraça, mas, ainda assim, uma senhora louraça. Afinal de contas, mais de 50 milhões de pessoas sintonizavam, toda semana, no programa *Dia & Noite* para vê-la.

E quem, diabos, já ouvira falar num tal de Irv Durtscher?

Ele sempre soubera, no entanto, que isso fazia parte da natureza de seu trabalho. Se as pessoas não tinham, sequer, a noção exata do que envolvia o trabalho de um produtor de televisão, como poderiam saber quem era Irv Durtscher? Ninguém tinha idéia de que os produtores eram, na realidade, os verdadeiros artistas da televisão, os criadores, a *alma*, se é que aquele negócio tinha alguma... Mary Cary sabia muito bem disso, não era burra, embora praticasse a *negação*, no sentido que Freud atribuía à palavra. Apesar de querer negar, não passava de uma atriz, uma boca falante, uma locutora que lia roteiro e textos preparados pelo criador do *Dia & Noite*, cujo nome era Irv Durtscher.

Eles já estavam sentados ali, na frente daqueles monitores, há mais de três horas, e a mulher não tinha parado de pensar em si tempo suficiente para reconhecer a qualidade magistral daquele trabalho de jornalismo investigativo. Nem sequer uma menção à inventividade necessária para montar uma matéria como aquela! O que custaria a seu ego admitir: "Puxa, isso é uma maravilha, Irv", ou, simplesmente, "Bom trabalho", ou "Como você descobriu que esses caras estariam nesse bar e qual seria o reservado que escolheriam?", ou, então, "Meu Deus, como é que você conseguiu instalar duas câmeras escondidas e grampear o lugar?", ou qualquer outra droga de comentário...

Mas não... Em vez de elogios, ela reclamava da *iluminação*. A *iluminação*...! Até aquele momento, o Exército e a comunidade de Fayetteville tinham conseguido acobertar toda a atrocidade, categoricamente insistindo em que não havia qualquer evidência do envolvimento de alguém de Forte Bragg no crime. Esses três garotos, esses três caipiras sulistas, que estavam sendo vistos em tempo real, nos monitores, por ele e por Mary Cary, haviam dado uma surra em um outro soldado, um garoto chamado Randy Valentine. Os três o mataram, o assassinaram, no banheiro masculino de um bar, bem semelhante àquele em que estavam agora, sem outro motivo além do fato de o garoto ser gay. Todos na base militar sabiam muito bem quem eram os responsáveis pelo crime, e houve até quem parabenizasse Jimmy Lowe, o garotão musculoso, líder da trinca. Enquanto isso, o general Huddlestone viera a público negar tudo. *Dia & Noite* gravara um tape com a cara quadrada, amarfanhada, pétrea, de americano gótico, branco anglo-saxão e protestante do general, negando tudo. E agora, eu, Irv Durtscher, teria o enorme prazer de desmascarar o general e seus três truculentos e pré-históricos comparsas... Eu, Irv Durtscher... Eu, Irv Durtscher, sou o verdadeiro artista da era moderna, o produtor, o diretor, o responsável ao mesmo tempo por atrair milhões de telespectadores e satisfazer o apetite insaciável da emissora por lucros, enquanto defendo a causa dos direitos humanos... Hoje em dia, o grande lance nos programas de jornalismo investigativo são essas operações de emboscada, com sofisticados equipamentos de escuta, de gravação e filmagem, revelações comprometedoras ao vivo, confissões em tempo real, tudo, enfim, que esse caso oferecia à perfeição. E fui eu, Irv Durtscher, quem convenceu Cale Bigger, chefe do Departamento de Telejornalismo da rede, a autorizar todos os gastos monstruosos dessa operação de espionagem, para instalação de equipamentos de última geração num barzinho *topless*, chamado DMZ, em Fayetteville, na Carolina do Norte. E por que será que Bigger aprovou o projeto? Porque tem qualquer tipo de preocupação ou compromisso com os direitos dos gays? *Issoaiiiiii*, não me faça rir. A única razão pela qual ele concordou com esse projeto foi porque eu, Irv Durtscher, sou o artista que tem o poder de atrair multidões, milhões, dezenas de milhões de telespectadores, e assim por diante – mas, apesar de tudo, sou um desconhecido...

Ele lançou um olhar de soslaio para Mary Cary. Ela estava assistindo, atenta, ao que se passava nos monitores. Por que será que ele não podia fazer a abertura do programa, como Rod Serling fazia em *Além da imaginação*, ou como Alfred Hitchcock em *Alfred Hitchcock Apresenta*? É... Hitchcock... Hitchcock era tão baixinho, gordo e careca como ele! Na verdade, era ainda mais gordo e careca do que ele. Dava até para imaginar... Os letreiros de abertura apareceriam na tela... A música-tema do programa começaria a tocar... e aí então... "Eu, Irv Durtscher"... De repente, voltou à realidade. Ninguém aceitaria isso. Além do mais, ele era muito, como se dizia... *étnico*. Você podia ser judeu e, ainda assim, ser um astro do jornalismo na TV, um âncora, ou qualquer coisa assim, desde que você não *parecesse* muito judeu. E um nome como Irv Durtscher certamente não ajudava muito. Nenhum gordinho careca, com nome de Irv Durtscher, poderia ser o grande astro de uma grande produção jornalística da rede como o *Dia & Noite*.

Restava a ele, então, se conformar com a sua locutora, sua boca falante, essa loura grande, branca, de família protestante e anglo-saxônica de Petersburg, Virgínia: Mary Cary Brokenborough... Merry Kerry Brouken Berrah... Será que *ela* se preocupava com a questão da violência contra os gays? Quem poderia dizer, ao certo, com o que ela se preocupava? Provavelmente, nem ela mesmo seria capaz. Mas pelo menos era esperta o suficiente para saber que tinha que parecer informada a respeito desses temas. E tinha experiência bastante para se deixar orientar...

Um outro pensamento cruzou a cabeça de Irv Durtscher. Por que será que *ele* estava assim, tão preocupado com a questão dos direitos dos gays? Não era gay; nunca tivera qualquer experiência homossexual no passado. Na verdade, tinha até uma certa preocupação de que seus dois filhos, por aparentarem passividade, um comportamento um tanto retraído, supersensível... (efeminado?) acabassem virando gays... Deus do céu, isso seria um horror, não? É claro que, se os dois, realmente, tomassem esse rumo, ele jamais os condenaria... A opção de cada um deve ser... a opção... Mas se sentia culpado... Desde que se divorciara de Laurie, andava um pouco afastado dos filhos. Se os garotos se tornassem gays, então ele poderia ser responsabilizado por isso... *De qualquer maneira*, nada disso tinha a ver com o fato de ele se preocupar com a causa dos gays... ou será que tinha? Direitos humanos eram direitos humanos, e ele, sem dúvida, sempre tivera um compromisso com a justiça social. Um compromisso que lhe fora ensinado no colo materno, cuja importância ele soubera ler no rosto angustiado de papai...

– ... direita dusguei...

Ele se curvou rapidamente em direção ao monitor, para ouvir melhor, sinalizando para Mary Cary fazer o mesmo. O rapaz magro e alto, sentado à mesa em frente a Jimmy Lowe, o que tinha um sobrenome esquisito, Ziggefoos, tinha acabado de proferir a expressão "direita dusguei" e Irv sabia que, no patuá deles, aquilo significava direitos dos gays.

– ... êcis sacana dessis sujeito nunca ti dizim direitu cumé qui fôrum ficá assim dessi jeito. Di repenti tu vê uns fia da puta puraí, cheio de pêlo na cara e buchecha assim – o rapaz esvazia as suas, para demonstrar, enquanto revira os olhos para cima –, iguá a Jesus Cristo e falano di AIDS i di direita dusguei.

– Utapariu – concorda Jimmy Lowe.

– Qué dizê, cara – continua Ziggefoos –, depois fica tudo puto quando chamam eles de bicha. Até parece qui são tudo normau, num faze nada *dirrado*...

– Içaí mermo cara, su mermo – diz Jimmy Lowe.

O terceiro deles, o mais nervoso, o de cabelo escuro, o tampinha do trio, chamado Flory, resolveu, também, se manifestar:

– Si lembra daquele sujeitim francêis, qui veio pra cá prum curso de obstáquilo, mêis passado, cumonte daquelis cara da tar di ONU? U-li-vi-iê...? Sempquiele via alguém meiestrã, assim flôzim, ele dizia: "Ele num é da nossa paróquia..."

– Num é da nossa paróquia...? E o qui qui qué dizê cuisso, cara? – perguntou Jimmy Lowe.

– Tudo quié gente lá na França é católico. E todo mundo é diuma paróquia o diotra. Deu paintendê? Um dia, a gente tava junto e a gente viu o Holcombe deitado, camisa aberta, pegano sol, lá no quintá dus bombeiro. O Uliviê nem conhecia o sacana, mas logo de cara falô: "Num é da nossa paróquia."

Holcombe! O sistema nervoso de Irv acionou alerta ao ouvir esse nome. Ele se debruçou ainda mais em direção aos dois monitores, com as mãos esticadas como se fosse Atlas prestes a sustentar o mundo. Holcombe era um dos melhores amigos de Randy Valentine, em Forte Bragg. Até Mary Cary parecia ter percebido que os três soldados estavam caminhando sobre campo minado. Ela abandonou sua postura ereta para se curvar em direção ao monitor.

Nas duas telas, o grandalhão, Ziggefoos, parecia um tanto irritado de ter sido cortado por Flory com toda aquela conversa sobre o sujeito que "num é da nossa paróquia". Tomou um gole da cerveja e comentou:

– E êssis pograma de televisão e otras merrda poraí, que só vive falano estilo di vida guei? Mas cês podi vê, o másso queles vão mostrá é um casal de sapatão dançá ou coisassim. Cês já viro duas bicha dançá ou dano bejo na boca na televisão? Jeito manera... A televisão num vai nunca mostrá essas coisa...

– Utapariu, Ziggy. Falô tudo.

– Uma vêis, nas féria, meu velho alugô uns quarto nôtel perdo cais de Myrtle Beach – continuou Ziggefoos. – E bem do lado tinha uma pensão, um negócio dessi... e cedim lá pras cinco da matina, quano tava cumeçano manhecê eu mais mermão acordamo cuns gimido e guinchu vindo lá do telhado da pensão. A gente foi pra janela vê. No telhado, numa incrinação bem dibaixo duma antena grande de tevê que tinha, tava dois sujeito nuzão, sisfregano qui nem uns bichu e um par'cia qui tava cabano cua raça do ôtro. Naquela época, nem eu nem mermão sabia direito o qui oscara tava fazeno e a gente cabô chamano o pai. Assim quele espiô pra fora da janela, arregolô ozóio e falô: "Deus do Céu, Nosso Sinhô Jesus Cristo! São duas bicha sem-vergonha!" Um segundim depois, os dois forimbora... mas, logo, logo, mais dois cara parecero e também tavo pelado. Um começô a passá troço no rabo do outro... O velho tava que num güentava de tanta raiva... Foi ficano tão tão infezado, mas tão pau da vida que, di repente, soltô um berro pela janela: 'Oia qui seus viado... Vô contá até deiz...! Socês num saí logo dessi telhado aí, é melhó cês ir aprendeno rapidim a voá porqueu vô pegá meu trabuco e enchê cês de bala, começano pelo cu!'. Cara... eu queria tê uma câmara de vídeo ou coisassim... Só pra firmar as duas bicha sustada, qui nem barata tonta naquei telhado... A gente cabô descobrino, dispois, que a porra da pensão tava cheia de viado. Cum certeza tinha tanta bicha lá dentro qui num tinha nem lugá prélas toda trepá... aí elas cabava indo pru telhado, si revezano debaixo dantena... É disso queu tô falano, cara... Eis nunca falum dessas putaria quando grita puraí a favô dusguei e de todo esse papo de casamento pras bicha e sá merrda toda...

Jimmy Lowe abanava a cabeça, como se aprovasse tudo aquilo que o amigo tinha acabado de falar. Então, se inclinou sobre a mesa em direção a Ziggefoos, olhou para um lado e para o outro, verificando se alguém no bar estava ouvindo ou prestando atenção, e disse bem baixinho:

– Agora tu falô tudo, amigão...

Irv prendeu a respiração. Tudo estava indo às mil maravilhas. Para evitar ser ouvido, o garoto se debruçara sobre a mesa para que só o amigo pudesse escutá-lo. Dessa forma, sua boca ficou a poucos centímetros do microfone, camuflado na pequena luminária. A essa distância, o microfone podia captar até mesmo um sussurro.

– Se alguém tivesse visto queu vi lá no...

Jimmy Lowe parou a frase no meio, como se, por precaução, algo o impedisse de mencionar, claramente, o nome de um lugar.

– Carqué um tinha feito zatamente a merma coisa queu, ou pelo meno ia tê vontade de fazê a merma coisa. Assim queu entrei lá dentro vi, por baixo da porrta de um reservado, um sujeito joelhado e ouvi usdois cara gemeno qui nem uns doido... *Unnnnnnh, unnnnnh, unnnnh.*

Mesmo por entre essas palavras, as palavras que ele estivera aguardando por duas semanas e meia, Irv podia ouvir se insinuar a batida inconsistente da música *country metal* ao fundo, e isso aliado ao sibilar do quase sussurro do garoto era *perfeição*! – o *background* musical não poderia ter sido melhor escolhido! Ninguém com mais dinheiro ou imaginação poderia ter sonhado com algo melhor!

– É craro queu sabia muito bem o quiqui tava rolano lá dentro. Quano fiquei bem na pontinha dos péis, proiá meió por cima da porta, vi quiera um cara do meu própio regimento de joelho engolim a vara que esticava dium buraco na divisória dos compartimento, fiquei mermo muito invocado e rombei aquela porta em dois tempo. Quebrei as dobradiça e tudo.

Ziggefoos, também curvado em direção ao colega e falando bem próximo do microfone, comentou:

– Tu pegô ele di surpresa... O fia da puta num devi tê tendido nada...

– A porta devi di tê caído bem cima dele quano rombei... O sacana tava meio tordoado, perto da parede, quano peguei ele...

Nesse momento, Flory, o baixinho, também se curvou sobre a mesa.

– E num deu mermo procê vê quem era o outro cara?

– Num vi nem sombra do sujeito. Quano cês dois entraro o cara já tinha rasgado... Devi di tê ouvido a gente e saído de lá ventano.

– É... çumermo – disse Flory.

De repente, os três, ainda inclinados sobre a mesa, calaram-se e entreolharam-se de forma concentrada, quase solene, como se quisessem dizer: "É melhor a gente parar de falar sobre isso."

Um impulso, semelhante a um alarme, agitou todo o sistema nervoso de Irv. Antes mesmo de considerar racionalmente as palavras que foram ditas pelos três garotos, Irv podia sentir, claramente, o que significavam:

Eles tinham acabado de se incriminar. Eles tinham se enforcado com a própria corda.

Irv se voltou para Mary Cary, que, por sua vez, já o procurava com o olhar. O mesmo pensamento veio automaticamente à cabeça da apresentadora. Seus olhos – excessivamente maquiados – estavam arregalados, a boca, com aqueles lábios grossos, estava meio aberta e ensaiava-se um sorriso indagador em seu rosto largo.

Será que conseguimos? Isso aí é, praticamente, uma confissão, não é?

Ah, mas isso sem sombra de dúvida. E os três tinham acabado de confessar o motivo torpe do crime: homofobia. Ficou bem claro que o assassinato havia começado por uma agressão gratuita e injustificada. Além disso, eles mencionaram a existência de alguém que presenciou o início da agressão. Uma testemunha não-identificada até o momento.

A cabeça de Irv estava a mil por hora... Uma vitória da justiça! Sensacional! Mas tudo indicava que seria bem mais do que isso.

Bem depois da saída dos três jovens caipiras do DMZ e do final da transmissão ao vivo, Irv continuava no cubículo da sala de controle da rede e tinha obrigado Mary Cary a rever diversas vezes, com ele, a fita gravada. Estava em estado de graça. Telefonou algumas vezes para Ferretti, em Fayetteville, comentando detalhes da gravação, como um herói exultante após a batalha vencida.

O bom disso tudo, também, era que toda a euforia parecia ter contaminado Mary Cary. Talvez ela já estivesse se vendo no *Dia & Noite*, maravilhosa, apresentando a matéria polêmica. Quem sabe até pudesse ser considerada a grande heroína da mídia ao desvendar o caso do assassinato gay em Forte Bragg. O que não seria de todo improvável... Mas, naquele momento, Irv não se incomodava com essa possibilidade. O que ele queria, realmente, era apreciar no rosto de Mary Cary a imagem de seu triunfo, de todo o seu esforço.

– Uma das melhores partes foi quando aquele sujeito, como é mesmo o nome dele...? O comprido...? Ziggy, não é? Quando ele ainda era garoto, com o irmão no hotel... e eles acordam o pai para ver os dois gays no telhado do prédio vizinho... E o pai diz: "Meu Deus do Céu, são duas bicha sem vergonha" e ameaça atirar com o trabuco dele... Por falar nisso, o que vem a ser um trabuco? – perguntou Mary Cary.

– Espingarda! Depois de ouvir essas figuras por umas três noites seguidas, alguma coisa acaba acontecendo com o seu cérebro e você compreende tudo o que eles dizem – explicou Irv. Ele estava se sentindo tão bem com o resultado do trabalho que sequer lembrou que podia ser encarado como uma espécie de vingança contra a relutância de Mary Cary, até aquele momento, em participar na empreitada de duas semanas e meia de vigilância. – Mermão é meu irmão, procê é para você, azóio é até os olhos, uma boma é uma bomba. Eu poderia escrever uma introdução léxica ao analfabetismo caipira, se quisesse.

– Bem, graças a Deus *você* entende o que essa gente fala...

Irv gostou de ouvir isso.

– De qualquer maneira, toda essa coisa de o pai do sujeito chamar os gays de bichas e de querer atirar neles... Eu acho que tudo isso é muito importante para o que a gente está tentando ilustrar na matéria. Isso mostra, concretamente, como toda essa homofobia foi semeada, de pai para filho, de uma geração para outra. O que podemos ver aqui é como se fosse uma cadeia, uma seqüência direta da cena do hotel, dez ou quinze anos atrás, até a cena do banheiro, onde o Valentine foi assassinado. Uma linha de raciocínio única. *Como se queria demonstrar*. É isso aí.

Irv considerou um pouco o assunto.

– Você está certa, está certa. Faz sentido. Só não sei quanto daquele papo sobre o telhado vamos poder usar, se é que vamos poder usá-lo.

– E por que não?

– Acho que é um pouco pesado demais... Sei lá... Não sei se dá para usar certos trechos da fita num programa de rede, em horário nobre. E tem outra coisa...! Vulgariza o sexo anal. Todo esse negócio de um cara passar um troço no traseiro do outro... *lubrificante*... Desse jeito, até mesmo as relações entre homem e mulher podem parecer meio grotescas, dependendo de quem as descreve. Se você falar de dobras umedecidas e protuberâncias luminosas e nodos enrijecidos e pedúnculos pendendo sobre quadris – se formos usar detalhes explícitos para tudo, até Romeu e Julieta ficam parecendo um cão e uma cadela, num terreno baldio.

E digo mais: acho que vamos ter problema semelhante com a descrição do que se passou no banheiro.

– Como assim?

– O que quero dizer é que não tenho qualquer intenção de entrar em rede, para um público de 50 milhões de pessoas, com um maníaco homofóbico acabando com o Randy Valentine, descrevendo como ele fazia sexo oral com um outro cara num banheiro público. E também essa história do buraco na divisão dos dois reservados... *Sei não...* Isso é irrelevante.

– Irrelevante?

– Qual é a relação disso com o fato de um homem estar ou não justificado por matar outro sem provocação?

– Talvez esse tipo de coisa não tenha a menor relação – argumentou Mary Cary –, mas não vejo como vamos poder manipular a fita. Afinal de contas é uma *prova do crime*. A fita pode ser considerada uma peça fundamental num julgamento, nos tribunais.

– Pode servir de prova. Isso não nos impede de editar a fita especificamente para o *Dia & Noite* – retrucou Irv.

– E como é que vamos fazer isso, Irv? Aquela, justamente, é a parte mais importante de toda a fita!

– Essa é a vantagem de termos usado duas câmeras filmando dois ângulos diferentes... – contou Irv.

Irv não teve que dar maiores explicações a Mary Cary. Se houvesse apenas uma câmera e ela estivesse focalizada em alguém falando, seria impossível deixar de notar a interrupção de uma ação no momento do corte da matéria. Nem mesmo um mágico, por mais cuidadoso que fosse, poderia evitar que se notasse um corte numa seqüência de fala ou de movimento. Com imagens de duas câmeras, era possível trocar os ângulos de filmagem no corte, sem que o telespectador percebesse que perdeu alguma coisa. Em programas de reportagens, como o *Dia & Noite*, esta era uma prática comum quando se desejava eliminar imagens ou falas indesejáveis ou inconvenientes.

– Bom, acho até que isso seria tecnicamente possível... Mas também acho que podemos estar nos metendo numa grande enrascada – observou Mary Cary.

Irv simplesmente sorriu ao ouvir o comentário. Na verdade, ele não estava mais nem um pouco preocupado com o problema. Uma outra coisa que ela havia dito, uma frase pronunciada alguns minutos atrás – "prova do crime num julgamento, no tribunal" – se incrustara em sua mente. A idéia provocou nele uma onda de calor, que lhe coloriu as faces. Se a fita se tornasse a peça principal de um processo criminal, então *tudo* viria à tona... toda a história de como ele, Irv Durtscher, revelara o caso... de como ele, Irv Durtscher, e não aquele rosto aclamado da telinha, era o real criador de *Dia & Noite* e o dirigia e era sua mente e alma... de como ele, Irv Durtscher, era o Sergei Eisenstein, o Federico Fellini dessa nova forma de arte, essa arma da consciência moral, o jornalismo televisivo... de como ele, Irv Durtscher...

Ele, Irv Durtscher, deixou seus olhos traçarem uma panorâmica do estúdio à sua volta, por sobre as telas agora vítreas e cinzentas dos dois monitores à sua frente e, mais além, para o resto dos monitores instalados na parede da sala de controle, do lado de fora do cubículo de vidro. Todos esses equipamentos eram suas paletas na nova arte, as telas dos monitores eram os instrumentos com os quais os produtores faziam suas criações mágicas. Quem sabe, um dia, daria certo...? *Dia & Noite* poderia se transformar no *Irv Durtscher Apresenta*... A abertura, a música-tema do programa e, finalmente, a entrada daquele rosto redondo do gordinho conhecido no mundo inteiro...

Uma súbita pontada de culpa... Imagine... Eu, Irv Durtscher! Ele estava se deixando levar por suas ambições pessoais... E isso, simplesmente, não poderia acontecer... Mas logo entendeu... Não estava fazendo tudo aquilo para Irv Durtscher, ou pelo menos não *exclusivamente* para Irv Durtscher. Tudo o que fazia era motivado pelos valores herdados de seu pai e de sua mãe, dois baixinhos cheios de fibra e idealismo, que abriram uma pequena loja de espelhos e vidraças no Brooklyn e, graças a muito trabalho e sacrifício, não só conseguiram sobreviver, como também financiaram os estudos do filho na Universidade de Cornell. Eles nunca tiveram os meios, ou a oportunidade, de manter vivo seu sonho de justiça social. Essa matéria sobre o martírio de Randy Valentine, um pobre e inofensivo soldado gay de Forte Bragg, na Carolina do Norte, tinha que ser encarada como uma etapa da batalha final. De uma batalha que tinha como objetivo acabar com a ordem secreta do sistema feudal americano, bem como todas as suas formas sutis e perniciosas de servidão. Aquela era a hora... Chegara o momento de acabar com os Cale Biggers e generais Huddlestones da vida e com todos aqueles que faziam seus trabalhos sujos: os Jimmy Lowes, os Ziggy Ziggefoos, os Florys... Era o crepúsculo dos WASPs, dos anglo-saxões brancos e protestantes, e toda a sua empáfia, e suas versões contidas de "famílias" e de "ordem natural". Um novo amanhã estava para nascer. Uma época em que os verdadeiros gênios do futuro não teriam que se esconder por trás das máscaras de pureza racial ou heterossexualidade ou boa aparência e nomes cristãos tradicionais... ou seja, Merry Kerry Broukenberrah.

Irv se virou e olhou bem na direção do rosto da mulher. Ela também o encarou... e havia qualquer coisa em seu olhar... *algo* que ele nunca tinha visto antes naqueles olhos. Era como se, de repente, ela tivesse tomado consciência da importância de tudo aquilo e reconhecesse o verdadeiro valor de Irv Durtscher. Os dois ficaram lá, olhando um para ou outro, no que pareceu um momento eterno de ternura e descoberta. De alguma forma, ele tinha a certeza de que se agora... por que não tomava logo coragem e tentava? Ela havia... tinha acabado de se casar pela terceira vez, mas era ridículo... O sujeito, Hugh Siebert, um oftalmologista, era todo formal, pomposo, pretensioso, com nariz para cima para o mundo *e* uma nulidade... Aquele casamento não ia durar muito... Por que ele, simplesmente, não aproveitava o momento, avançava e enlaçava as mãos da loura nas suas? O que tivesse que acontecer, *ia acontecer*... Imagine só: Irv e Mary Cary... Não havia ninguém à vista... Ele se encheu de confiança, encarou a mulher com o olhar de um guerreiro varonil. Um sorriso seguro, másculo e ao mesmo tempo caloroso e convidativo tomou conta de seu rosto.

E aí, foi em frente.

Pegou a mão de Mary Cary e a segurou como se desejasse que todas as suas energias vitais fluíssem de seu corpo para o dela, enquanto fundia seu olhar triunfante nos olhos dela.

Por um breve momento, Mary Cary sequer se mexeu, a não ser por um franzido com as sobrancelhas, que traduziu toda a sua perplexidade. Em seguida abaixou a cabeça, olhando para a mão de Irv, que continuava segurando a sua. Era como se estivesse olhando para um calango ou um lagarto caipira que, de alguma maneira, tivesse logrado escalar os mais de vinte andares de um prédio no centro de Nova York e agora envolvia com sua forma lagartosa uma de suas mãos. A estupefação era tal que ela nem mesmo conseguia mover a mão. Então, levantou a cabeça, inclinando-a ligeiramente para um lado, e olhou para ele com cara de quem pergunta: "Você está maluco? O que pensa estar fazendo?"...

Ploft! O balão tinha estourado. O momento mágico tinha se desintegrado. Constrangido, oh, muito envergonhado, ele recolheu sua mão. Sentia-se mais humilhado e desprezado que o nível a que se habituara ao longo dos oito anos em que conhecia essa mulher odiosa.

Aquilo tinha sido a gota d'água. Ele ia acabar com ela. Mary Cary tinha que sair do programa de qualquer jeito. Se estava pensando que era o coração e a alma do *Dia & Noite* estava redondamente enganada...

Mas logo Irv deixou as paixões de lado. A verdade era que, naquele momento, ele precisava dela mais do que nunca. Toda essa história de Randy Valentine ainda estava bem longe do fim. E, de acordo com o formato dramático-investigativo daquele programa jornalístico, alguém teria que ser o responsável pela "emboscada". Esta era a expressão que eles usavam: *emboscada*. Alguém teria que enfrentar, ao vivo, na frente das câmeras de TV, os três violentos assassinos caipiras. Alguém teria que encontrá-los, surpreendê-los no quartel, na rua, num lugar qualquer...

E esfregar na cara deles todas as evidências e provas do crime... E ficar lá, ao lado deles, esperando o que teriam a dizer – ou fazer – enquanto se gravava tudo. E ele sabia muito bem que, infelizmente, jamais seria capaz de executar uma emboscada como essa, mesmo que a direção da emissora *torcesse* para vê-lo ao vivo, apresentando a matéria. Já Mary Cary não hesitaria por um segundo. Nada a preocuparia: nem antes, nem durante, nem depois da transmissão da matéria. Ela participaria de qualquer "emboscada" sem pestanejar... Não importava quando, onde e quem fossem as pessoas envolvidas. E faria isso com o maior prazer do mundo, sem o menor temor ou arrependimento.

Irv voltou seu olhar, mais uma vez, para fora do cubículo de vidro, em direção à grande sala de controle, cujos monitores reluziam e tremeluziam com imagens de todos os cantos do mundo. As paletas do novo tempo... a mais nova das manifestações artísticas... a nova era... Todos esses conceitos estavam começando a se embaralhar em sua cabeça.

Tornou a olhar para a mulher. Ela ainda o encarava, mas dessa vez com ar entediado. Ou será que era simples cansaço?

– Bom, acho que isso é tudo o que podemos fazer por hoje.

Sua voz soava como alguém que tinha acabado de perder o último dos amigos. Ele próprio tinha essa sensação.

Eu, Irv Durtscher, amaldiçôo essa mulher! Por que será que tudo na vida, até os projetos mais nobres e grandiosos, quando resumidos a atos e palavras, acabam caindo na vala comum do desejo sexual?

SEGUNDA PARTE

A importância de Lola Thong

Ferretti, o produtor regional da matéria do assassinato gay em Forte Bragg, já estava em Fayetteville há semanas, e toda vez que chamava Irv em Nova York contava *causos* de guerra do Bragg Boulevard. Além disso, no estúdio de Nova York, Irv havia passado um número incontável de horas monitorando as transmissões ao vivo, direto do DMZ, típica espelunca *topless* do Bragg Boulevard. O que no Bragg Boulevard, então, poderia se constituir em novidade para Irv? Mesmo antes de lá chegar, no dia anterior, Irv tinha na cabeça o retrato fiel desse lugar espalhafatoso e infernal.

Mas estar no Bragg Boulevard, pessoalmente, essa noite, estava provocando um certo nervosismo em Irv Durtscher. De verdade... Aquela situação o estava deixando tão eufórico que simplesmente tinha que conversar com alguém sobre o que estava sentindo... Imediatamente! Mas como poderia fazer isso? Eles estavam aguardando, estavam de tocaia. A qualquer momento, qualquer instante, quem sabe daqui a alguns minutos, a emboscada poderia ter início. E ele, Irv Durtscher, o Costa-Gavras do jornalismo investigativo da TV, o Goya da paleta eletrônica, tinha que estar preparado para chefiar toda a operação.

Mais uma vez, observou todos os que estavam com ele dentro daquele VL – Veículo de Lazer –, algo do que, vivendo toda a sua vida em Nova York, só ouvira falar no dia anterior, quando Ferretti o apresentou ao monstro sobre quatro rodas. Todos estavam comprimidos na parte traseira do VL... Ferretti... Mary Cary... a maquiadora gorda de Mary Cary... os dois técnicos corpulentos, Gordon e Roy... e a senhorita Lola Thong, uma dançarina *topless* de origem tailandesa, contratada por Ferretti... era muito corpo ocupando o mesmo espaço... e muito equipamento... A única iluminação, azul radiológico, fazia emanar seu brilho de um conjunto de pequenos monitores... o que tingia a famosa cabeleira loura de Mary Cary de tons doentios de águas-marinhas... Irv passou em revista seu exército, buscando algum tipo de apoio emocional... Será que algum deles havia notado o nervosismo de seu líder?

Para qualquer pessoa que cruzasse o Bragg Boulevard ou quem quer que entrasse na área de estacionamento do DMZ, aquele VL estacionado não pareceria nada além de uma gigantesca van de cor bege, uma casa compacta sobre rodas. Ferretti garantiu que ninguém prestaria atenção nessa versão reduzida de trailer, pelo menos não naquela cidade. Forte Bragg era uma imensa base militar, com mais de 136.700 soldados, fora o pessoal civil de apoio e suas respectivas famílias... Uma população flutuante que praticamente vivia em VLs, trailers e coisas parecidas... Mas se alguém desse uma olhada para dentro do nosso VL, aí seria outra história. Ferretti mandara fazer uma divisão na ponta traseira, no equivalente a dois terços da área interna, com uma porta falsa, criando um pequeno compartimento onde os dois técnicos, Gordon e Roy, instalaram uma verdadeira macarronada de fios, cabos, tomadas, monitores e sofisticados equipamentos de escuta e gravação. Tudo aquilo fazia Irv se lembrar de filmes de espionagem ou de operações policiais de combate ao terrorismo.

Estavam estacionados bem atrás do DMZ, uma construção de concreto acinzentada com um único pavimento. Dos fundos, o bar era ainda mais feio e decadente, com seu telhado literalmente carregado de compressores do sistema de ar-condicionado e canos enferrujados à vista. Os três caipiras, Jimmy Lowe, Flory e Ziggefoos, já estavam lá dentro do bar, bebendo muito, como de costume, e falando muita bobagem naquele peculiar "dialeto" deles, que Mary Cary chamava de romeno. Naquele exato momento, Mary Cary os observava em dois monitores que transmitiam as imagens gravadas do DMZ e escutava o que os três falavam através de um headphone, que provocava também o infeliz efeito de deformar sua vastíssima e penteada cabeleira loura. De vez em quando ela tirava o headphone da cabeça para que a maquiadora gordinha pudesse ajeitar o penteado e retocar sua testa. Irv se perguntou se toda aquela preocupação com a testa se devia à possibilidade de ela também estar suando. Aparentemente, Mary Cary não demonstrava qualquer outro sinal de nervosismo. Às vezes, nem parecia ser dotada de sistema nervoso. E olhe só como estava vestida...! Uma de suas cremosas blusas de seda branca, uma saia curta da mesma cor, um blazer azul Tiffany de cashmere e um par de escarpins brancos de saltos médios. Vestida para uma emboscada! A blusa estava propositadamente desabotoada até o limite do que podia mostrar. Aquela blusa de seda estava quase tão provocante quanto o vestido de festa da *stripper* tailandesa, Lola Thong, cujo decote deixava tanto busto de fora que chegava a ser ridículo.

Irv, por sua vez, usava o uniforme oficial para emboscadas: jeans, tênis e uma tradicional capa de chuva Burberry... (O Daumier da Era Digital mal podia imaginar que, se aparecesse daquele jeito – baixinho, careca, gordinho, ombros curvados, quarentão – e vestido como estava, em qualquer lugar próximo do Forte Bragg, certamente seria confundido, na melhor das hipóteses, com um exibicionista maníaco, molestador de criancinhas.)

Irv tinha decidido não fixar mais os monitores. A visão daqueles três caipiras num canto de bar, provavelmente a uns 25 metros de onde estava, provocava nele ainda mais nervosismo e tensão... mas simplesmente não conseguia evitar dar, casualmente, umas espiadas. Os três estavam de camiseta e, mesmo naqueles monitores pequenos, qualquer um podia notar a musculatura de seus braços, a firmeza rígida de seus pescoços e queixos e, sobretudo, o modo como suas orelhas se destacavam no rosto. E elas se destacavam desse jeito porque as laterais da cabeça estavam raspadas, e a forma como raspavam suas cabeças...

Mais uma vez, Mary Cary tirou o headphone da cabeça. Irv se aproximou da apresentadora e perguntou, quase murmurando:

– Sobre o que os nossos três *skinheads* estão falando agora?

A indagação de Irv foi feita propositadamente num tom que parecesse casual, sem demonstrar qualquer perturbação.

– Nossos três o quê?

– Nossos três *skinheads* – repetiu Irv. – Tudo isso por aqui... todo esse lugar... descobri o que é na realidade – disse Irv, gesticulando muito, como se quisesse com seus movimentos abranger não só o bar, como também o Bragg Boulevard, a cidade de Fayetteville, o Forte Bragg, o condado de Cumberland, o próprio estado da Carolina do Norte e todo o Sul dos Estados Unidos. – Você quer saber onde estamos? Nós estamos no território dos *skinheads*...

– Pelo amor de Deus, Irv! – reagiu Mary Cary. – Dá um tempo... Procura relaxar!

– Que qui ele fala skirredi? Qui negócio skirredi? Esses cara skirredi? – indagou, alarmada, Lola Thong...

Mary Cary se voltou para Irv com um olhar de reprovação, como se quisesse dizer: "Viu o que você foi arranjar com seu nervosismo e sua língua solta?"

Lola, filha bastarda de pai americano e mãe tailandesa, era alta, magra, com longos cabelos pretos, e sua pele leitosa ganhava uma tonalidade azulada com o brilho dos monitores. Tinha uma aparência oriental exótica, principalmente nos olhos e na formação da maçã do rosto. Parecia cultivar um certo sotaque tailandês. Mas, na verdade, seu vernáculo, bem como seus peitos inflados artificialmente, era uma característica vulgar de membros típicos da classe baixa americana. Naquele momento estava agitada, mexendo suas pernas equilibradas em saltos altos, de maneira que seus cabelos prodigiosos rodavam para um lado e para o outro...

– Ele num falou pra mim skirredi ninhum – disse Lola, apontando para Ferretti, que continuava atento ao que se passava nos monitores.

– Eles não são *skinheads*, Lola... Eu te juro... Eles são soldados do Exército. É assim que eles cortam o cabelo... Você já não sabia disso? – disse Mary Cary, tentando acalmar a *stripper*.

– Então por que ele fala skirredi? – voltou a indagar Lola. Para ela, Irv não era o chefão, o líder máximo do grupo. Era simplesmente *ele*...

Mary Cary voltou a olhar para Irv com ar de desdém e comentou:

– Ele só estava brincando... Ele queria mesmo era comentar sobre o corte de cabelo dos soldados, curtos demais...

– É verdade... Só quis fazer uma brincadeira... Estava de gozação com o cabelo dos garotos... Eles não são *skinheads*, *são apenas* soldados... – disse Irv em voz baixa e suave, preocupado em conter o descontrole crescente de Lola. Apesar das explicações, Lola parecia ainda desconfiada.

E a verdade era que Irv, desde que chegara de Nova York, 30 horas antes, em momento algum teve a intenção de brincar ou rir de toda aquela situação. Desde que aportara no Bragg Boulevard, permanecia tenso.

O boulevard, que em alguns pontos chegava a ter seis faixas de trânsito, cortava todo um lado do Forte Bragg. Através do boulevard se podia ver a base militar. Não havia muros, cercas, ou qualquer tipo de separação física entre certas instalações militares e a via pública. Os soldados podiam guardar seus carros próximos aos alojamentos. E parecia que a maioria tinha carro! Eles tinham prazer em gastar todo o dinheiro em automóveis. O que mais se via no Bragg Boulevard eram veículos circulando com dois, três, quatro soldados. Era fácil identificar que eram soldados porque todos tinham as cabeças raspadas, com pequenos tufos de cabelos no topo, e orelhas realçadas pelo corte. Alguns deles eram negros, mas a maior parte era formada por soldados brancos. E eram os brancos que Irv temia. Os *skinheads* eram todos brancos.

Entre a base militar e o centro de Fayetteville, no Bragg Boulevard ficava o trecho comercial urbano mais feio e ordinário que Irv jamais conhecera. Não existia uma única árvore, um único metro quadrado de grama, um centímetro de calçada, um traço arquitetônico redentor de um lado a outro do boulevard. Tudo o que se podia enxergar era uma sucessão de prédios de concreto, baixos, de um único pavimento, cabanas de madeira, amplas áreas asfaltadas de estacionamentos e cartazes berrantes e anúncios tremeluzentes, de pálido brilho à luz do dia, proclamando lojas de penhores, casas móveis, parques de trailers, salões de massagens (SESSÕES DE FISIOTERAPIA COM GATINHAS NUAS), lojas de artigos pornográficos, lavanderias, (ESPECIAIS PARA UNIFORMES), postos de lavagem de carros, *multiplex* de cinemas, lojas de artigos para viagem (FILIAL DOS CHURRASCOS CAROLINA), revendedores de automóveis, de motocicletas, franquias de *fast-food*, restaurantes vietnamitas, coreanos e tailandeses, depósitos de bebidas, de cigarros, Wal-Mart, ferramentas Black & Decker, poleiros de concreto para pássaros em jardins e outras figuras de enfeite, lojas de venda de armas, de cães de guarda, e bares *topless*, bares *topless*, bares *topless*, bares *topless*, um atrás do outro... O DMZ era apenas um deles.

Na noite anterior, logo após o pôr-do-sol, Irv havia presenciado a súbita iluminação desse espantoso fenômeno de gratificação instantânea do final do século XX. Dez mil letreiros iluminados por luzes e séries de holofotes acenderam-se em todas as possíveis nuances tóxicas radioativas de calor e microondas perceptíveis pelo olho humano, até que, num único relance, o Bragg Boulevard oferecia a antevisão estapafúrdia da garganta do próprio inferno. Irv sabia que aquilo era um pedaço do inferno na Terra pelas coisas e pessoas que viu naquela tarde. No final do dia, Ferretti havia levado Irv – somente Irv, e não Mary Cary, pois ela seria certamente reconhecida – a um shopping próximo do Bragg Boulevard chamado Cross Creek Mall. O lugar estava lotado de gente, um tipo de gente cuja existência Irv jamais imaginou ser possível. Centenas, milhares de pessoas enxameavam em cada canto do Cross Creek Mall: garotões com cabelos curtos raspados nas laterais, rapazes com as orelhas realçadas pelos cortes de cabelo, garotões na companhia de suas mulheres, jovens mães com seus filhos, jovens grávidas... Para Irv, todas aquelas pessoas pareciam estar... a ponto de explodir. Os homens eram todos jovens, másculos, bronzeados, musculosos, com um vigor que mal cabia dentro de seus jeans. Quase todos carregavam volumes enormes de virilidade entre as pernas! Tão destacados de suas calças que pareciam as antigas braguilhas dos calções bufantes de séculos anteriores!

Forte Bragg era o local de treinamento das forças de elite do Exército americano: a Divisão de Operações Especiais, os boinas-verdes, os Rangers, as unidades de ação antiguerrilha e de operações psicológicas e outros grupos de choque. A testosterona reinava em Forte Bragg! Eram tantos os militares de Forte Bragg que lutaram no Vietnã, que muitos chamavam Fayetteville de Fayettenã. E muitas das esposas dos soldados e oficiais eram asiáticas, como ficou bem evidente no Cross Creek Mall. Além disso, podia se notar que boa parte das mulheres dos soldados – tanto as asiáticas quanto as americanas – parecia também prestes a explodir... em gravidez. Todas mostrando, orgulhosamente, suas condições de progenitoras de uma nova geração de *skinheads*... Todos eram *skinheads*! Para Irv, essa constatação chegou como uma epifania, em pleno Cross Creek Mall... *Skinheads*! Sexo e agressão! O inferno na Terra! Todos aqueles rapazes e garotos, transbordando testosterona, eram nada mais do que a versão oficial, aprovada pelo governo, dos *skinheads* da Alemanha, ou das milícias do estado de Montana! E à noite, todos saíam em direção a essa verdadeira ilha de pesadelos que era o Bragg Boulevard, onde estavam livres de quaisquer regulamentos ou disciplina militar, onde transpunham voluntariamente os portões do inferno, onde ele, Irv, os esperava dentro de um VL High Mojave, para um encontro com... com... com...

O que é que ele, um comportado rapaz judeu de Nova York, estava fazendo ali, naquele lugar, tentando emboscar – *emboscar*!!! – três virulentas criaturas movidas a hormônio, que já haviam matado uma pessoa e que, sob o efeito do álcool, seriam capazes de fazer... sabe Deus o quê?

Irv Durtscher, o Émile Zola das audiências, estava simplesmente apavorado.

Lola se aproximou mais de Ferretti, que por sua vez posicionou o braço em volta dos ombros da dançarina tailandesa. Mesmo com luminosidade escassa e o pouco espaço do veículo, ela exalava sexualidade por trás daquele vestido preto de festa. Ela tocou Ferretti no ombro e sussurrou alguma coisa ao seu ouvido. Em seguida, os dois olharam para Irv, cuja reação foi dar de ombros e arquear as sobrancelhas como se perguntasse: "Qual é a de vocês?"...

Ferretti riu, abraçou Lola de forma amigável e brincalhona e a fez voltar as costas para Irv e Mary Cary. Irv o invejava. Ferretti era um sujeito simpático e jovial. Tinha uma barba já grisalha, que deixava crescer um pouco abaixo do queixo para esconder a papada.

Usava, naquele dia, uma camisa pólo, um pouco apertada para ele, uma jaqueta de um time de beisebol e boné. Quando sorria, seu rosto se iluminava. Seu jeito e personalidade cativavam as pessoas. Ele era o produtor perfeito para externas porque tinha a capacidade de se relacionar com qualquer tipo de pessoa. Ele voltou a se aproximar de Lola, encostou sua cabeça na dela e começou a ronronar.

– Pelo amor de Deus, Irv... – disse ele, sorrindo. – Que papo é esse de *skinheads*? Esses caras são birutas. – Abraçou Lola novamente. – São birutas, meu amor, birutas... – repetiu para a go-go girl tailandesa, apertando-a e lançando-lhe um sorriso tal que a forçou a sorrir também. – Além do mais, você não vai ter de tratar nada com eles. A Mary Cary e o Irv é que vão ter que manter contato com eles... esse dois caras aí vão ter que lidar com eles – acrescentou, apontando com o queixo para Gordon e Roy, um havaiano e um albanês, dois sujeitos altos e corpulentos, considerados os maiores técnicos da equipe do *Dia & Noite*. (Irv tivera essa preocupação.) – Você, na verdade, vai ser apenas uma espécie de relações públicas... – explicou Ferretti. – Vai fazer o convite. E senhorita Lola, meu amor... quando alguém como você faz um convite, pode crer que todos vão querer participar da festa. Você sabe o que estou dizendo? O país inteiro vai querer participar da festa.

Ferretti estava, descaradamente, inflando o ego de Lola Thong, fazendo despertar todo o desejo de fama e notoriedade da dançarina. Lola trabalhava como *stripper* num lugar chamado Klub Kaboom, uma outra espelunca do Bragg Boulevard. Irv não sabia muito bem como Ferretti entrara na intimidade de Lola. Sempre que o assunto era mencionado, Ferretti limitava-se a sorrir. Ficou acertado que, por sua participação na emboscada, Lola receberia 2.500 dólares. E, além disso (e mais importante), um público de calças calculado em 50 milhões teria a oportunidade de dar uma olhadela na deslumbrante, embora ainda desconhecida, Lola Thong. Para convencer Lola a fazer parte da operação, Ferretti chegou a elaborar um verdadeiro catálogo de moças que alcançaram a fama e a fortuna a partir de envolvimentos tangenciais em casos escandalosos. Mas, à medida que a hora H se aproximava, Lola estava amarelando.

Ela começou a dizer alguma coisa, mas Ferretti rapidamente tornou a abraçá-la forte e declarou:

– Lola está pronta... Ainda vai levar muito tempo? A gente não vai querer esperar que eles caiam de bêbados lá dentro...!

– Bom... deixa eu dar uma olhada no que está acontecendo, então – disse Irv, já preocupado por estar perdendo a capacidade de tomar decisões rápidas.

Mary Cary interveio:

– O Lowe e o Flory estão na terceira cerveja. O Ziggy agora trocou a cerveja por uma bebida com vodca chamada "crepúsculo de vodca". Ou pelo menos é o que entendi.

– Esse tal de Ziggy é um babaca. Eu acho que a gente tem que começar a se mexer... Eles podem até nem perceber... mas, depois de três cervejas, esses caras já estão bêbados. Depois de alguns crepúsculos de vodca, então... – comentou Ferretti, com um sorriso.

Oh, o grande e simpático Ferretti... Ele realmente tinha vocação para o seu trabalho. Tinha verdadeiro prazer em tudo aquilo, e Irv o invejava por isto. Irv se sentia dividido. O seu lado mais visceral, mais instintivo, que sabia que seu disfarce profissional era, na verdade, a única máscara que tinha, desejava adiar a emboscada, talvez até a eternidade. Entretanto, o seu lado racional, o lado que administrava a carreira de Irv Durtscher, o Bertolt Brecht das redes de televisão, clamava pelo início imediato da emboscada. A imagem e o depoimento de três sujeitos caindo de bêbados certamente não seriam considerados muito convincentes e confiáveis, como matéria de jornalismo investigativo de uma grande rede. E poderia ser mais perigoso, também. O que eles queriam era uma situação equilibrada. O plano era deixar os três soldados beberem o suficiente para torná-los mais soltos e desinibidos, o que era um limite fácil de transpor, pelo visto.

Irv falou no tom mais resoluto que conseguiu:

– OK, você tem razão. Todo mundo está preparado?

Ele olhou para Ferretti, que balançou levemente a cabeça, concordando. Gordon e Roy balançaram a cabeça, concordando. Mary Cary não apenas balançou a cabeça como torceu ligeiramente os lábios, num toque de exasperação, como quem diz: "Pelo amor de Deus, Irv, vamos logo com isso..."

Irv sorriu para Lola e, da forma mais convincente possível, disse:

– Agora é com você.

– Vai ser moleza, gatinha... Você já sabe direitinho o que vai dizer... Seja você mesma. Tudo não passa de uma *performance*, um esquete de cabaré... E você é a estrela – afirmou Ferretti, abraçando Lola.

Ferretti abriu a porta que dava para a parte dianteira do VL, e Lola passou, seguida por Irv. O pára-brisa da van, alto e amplo como o de um microônibus, era uma moldura retangular para o céu da Carolina do Norte de cores alteradas para um vibrante violeta pelo infernal festival de luzes do Bragg Boulevard. Do lugar onde estava no VL, Irv podia enxergar a fileira de letreiros, sinais e placas luminosas até o final da avenida. Tudo faiscava. Alguns letreiros piscavam ao ritmo de compasso eletrônico. Padrões hipercinéticos deslizavam por campos de pequenas lâmpadas. Anúncios giravam e oscilavam, tendo ao fundo uma febril abóbada celeste. Todo aquele lugar parecia rebolar numa dança louca de cio. O interior escuro do VL estava banhado de brilhos tão coloridos e ofuscantes, e sombras tão densas, que chegava a ser difícil enxergar bem aquela versão sobre rodas de uma saleta. Havia um pequeno sofá embutido, acolchoado com material indestrutível com aparência de tweed, num dos lados, uma TV acoplada a um aparelho de vídeo, instalada na outra parede, uma miniquitinete de aço inoxidável e duas poltronas compactas que se desdobravam e podiam ser transformadas em verdadeiras camas. Na frente, dois assentos enormes e altos, incluindo o do motorista. Ambos estavam recuados ao máximo. Desta forma, quem passasse pela rua teria dificuldade para distinguir qualquer coisa no interior do veículo. Pequenas cortinas protegiam as janelas laterais da curiosidade dos transeuntes.

Ferretti abriu a imensa porta do VL e ajudou Lola a sair, deixando toda a algazarra do Bragg Boulevard entrar. Acima do zumbido incessante do trânsito, elevava-se o bramido lamuriento e as batidas de músicas *country metal* que saíam dos sofisticados equipamentos de som dos carros que não paravam de rodar pela porta do DMZ. O *country metal* é a música predileta deles... dos *skinheads*... Ali, do pátio do estacionamento, se podia ouvir o som de um baixo tocando dentro do DMZ.

Ferretti e Lola encontravam-se bem próximos da entrada do bar. Os dois estavam abraçados e Ferretti, a cabeça encostada em Lola, sussurrou alguma coisa ao ouvido da dançarina. Raios de luz deslizavam quando os carros entravam e saíam do estacionamento do DMZ. Irv podia ouvir vozes masculinas ecoando de dentro do bar... eles falavam naquele dialeto... camponês romeno! Seu coração acelerou... Será que eram eles...? Mas eram apenas outros jovens soldados esbanjando saúde, dando entrada no DMZ. Sequer os notaram. Um cara parrudo e grisalho, numa jaqueta de beisebol e com um boné, abraçado a uma garçonete asiática, ou o quer que ela fosse, do lado de fora de uma van no estacionamento do DMZ, não mereciam uma chama de interesse. Mas por que deveriam? Eles estavam no próprio inferno... Eles estavam em Fayettenã.

Ferretti deu um último abraço em Lola, que saiu caminhando languidamente, com seus sapatos de saltos altíssimos, em direção à porta, cheia de lixo, da frente do bar. Ferretti voltou para dentro do veículo e o fechou, deixando todo aquele barulho infernal do Bragg Boulevard para trás, e ele e Irv se juntaram a Mary Cary, que estava esperando, em pé, na entrada para o compartimento traseiro.

– Bom, agora é com ela... Só espero que não estrague tudo – disse Irv.

– Pode ficar tranqüilo – garantiu Ferretti. – A Lola pode até estar nervosa, mas quando chegar perto daqueles babacas e vir os três babando por ela – fez a pantomima de uma curva na altura do peito –, pode acreditar que ela vai ficar nas nuvens. A Lola é uma sedutora nata, adora deixar os homens de pau duro... Desculpe a linguagem, Mary Cary... Mas a verdade é que, quando Lola sente que está seduzindo um macho, ela dá o melhor de si. Na frente de um macho excitado os talentos artísticos dela aparecem como num passe de mágica – garantiu Ferretti.

– Acho melhor que isso aconteça... Detestaria ter que me envolver pessoalmente na tarefa de atrair os três – comentou Mary Cary.

Irv sabia que, se fosse preciso, Mary Cary não hesitaria em fazer exatamente aquilo. E admirava a determinação da loura.

– Bem, a gente pode ver todo o show ao vivo... – disse Ferretti.

Irv, Ferretti e Mary Cary entraram no compartimento traseiro do VL, fecharam a porta, se dirigiram aos monitores que transmitiam as imagens diretamente do DMZ e colocaram headphones para ouvir o que estava acontecendo. Irv podia ver Jimmy Lowe, Ziggefoos e Flory na mesa de canto habitual e ouvir a música sacudida, numa versão arrastada, ainda mais inconsistente do que sua vociferação habitual. Jimmy Lowe estava encostado no reservado e segurava uma garrafa de cerveja. O seu pescoço parecia ainda mais grosso e musculoso quando estava esticado daquele jeito. Parecia estar cantarolando o refrão da canção que a banda tocava:

"Ela num qué entrá na minhaaaa
 Mas eu tô muito a fimmmmm
 Di entrá na deeeeela..."

Ziggefoos soltou uma gargalhada e disse:

– Tá muito a fim di entrá na dela? Meu Deus do Céu, Jimmy... É isso mermo qui aquela gatinha, a Lucille, contô qui gosta d'inhocê, cara... Cê é tão romântico... "Tô muito a fim di entrá na dela..." Falano essas coisa bonita tu vai ganhá tudo quanto é mulé, cara...

– Aqui procê, ó... – disse Jimmy Lowe, mostrando o dedo médio para Ziggefoos. – E oia qui, cara, é meió num metê a Lucille na cunversa... Falô? – completou, com um meio sorriso, mas, ao mesmo tempo, um travo na voz.

Ziggefoos e Flory caíram na gargalhada.

Nos últimos dias, Lucille, fosse ela quem fosse, já tinha sido mencionada algumas vezes pelos três soldados e quase sempre aparecia na conversa como uma forma de Ziggy e Flory provocarem constrangimento em Jimmy Lowe. Aparentemente, a moça trabalhava numa loja da rede Wal-Mart, no Bragg Boulevard, e não queria ver mais Jimmy nem pintado.

Os rostos e olhares dos garotos se voltaram, de repente, para o mesmo lugar, em algum ponto no meio do bar. A princípio, Irv pensou que os três tivessem avistado Lola. Mas logo ficou evidente que estavam entretidos com uma das dançarinas *topless* que rebolava e se contorcia.

– Içaí gostosa... Cara, eu num sei cum'elas consegue fazê isso.... – disse Jimmy Lowe sem grande entusiasmo.

– Óia só praqueles pernão, cara! A mulezinha tá cheia de saúde... Devi di tê sido criada num casão... – comentou Flory.

Após algumas semanas monitorando os três caipiras, Irv concluiu que casão devia ser uma espécie de trailer gigante.

– Quié quilo na perna dela? Parece uma lesão feccionada... – observou Ziggefoos.

– Umu quê...? – perguntou Jimmy Lowe.

– Uma lesão... Uma lesão dalgum tipo de duença venéria, cara... – explicou Ziggefoos.

– I cumé qui é isso, cara? – indagou, novamente, Jimmy Lowe.

– Uma lesão de pele... É qui nem firida, um furúnculo feccionado... Devissê sífili ou coisassim... Tem coorte de duença venéria qui ti deixa cua pele toda fudida, cheia de firida... A gente num ouve mais falá dessas doença poque a única coisa agora é a AIDS – disse Ziggefoos.

Irv, mais tenso do que nunca, redobrou a atenção na conversa. Ele podia apostar que a conversa dos três ia desembocar no tema do homossexualismo... e Randy Valentine.

– Cara, quano eu tava lá na Somália, conheci porrada di cara qui fudia tudo qui é buraco... E todo mundo sabe qui tudo qui é buceta por lá tá contaminada com vírus HIV... Ma mermo assim os cara cumiam as mulé, as mãe das mulé, a zirmã das mulé... E eu num cunheço ninhum que tenha pegado AIDS... Mas cunheço porrada deles que pegaro sífili e umas coorte de doença, qui quase fizero os pau deles cair tudo... Mas ninguém fala dessas coisa... A moda gora é falá duma cambada de viado com AIDS – disse Ziggefoos.

– Utapariu mermão, içaí – apoiou Jimmy Lowe.

Irv olhava surpreso para Ziggefoos no monitor. Como é que ele podia ser tão bem informado sobre certos assuntos? Lesões? Furúnculos infeccionados? Coorte de doenças venéreas? Talvez, como acreditava Ferretti, ouvira alguém falar sobre essas coisas e estava simplesmente repetindo. Era um falastrão querendo impressionar os colegas. Ziggefoos não era, nem de longe, tão forte e musculoso como Jimmy Lowe, mas tinha, como o amigo, uma aparência ameaçadora, intimidadora. Ele era magro, tinha cara comprida, nariz grande e queixo pontudo. Era daquele tipo de pessoa cujos olhos se encaixavam bem mais próximos um do outro do que o normal, característica que fazia Irv se lembrar de um cão feroz. Seus braços não eram tão grossos como os de Jimmy Lowe, mas eram fortes e cobertos de veias, como os mecânicos, estivadores e operários da construção civil, em que Irv costumava reparar na infância.

– Jí-mí? Oi... Tudu legau?

No monitor Irv pôde ver os três caipiras olhando para cima. Irv olhou para Ferretti, que sorriu e cruzou os dedos. *Jí-mí*. Eles não podiam ainda ver a dona da voz feminina, mas só podia ser Lola.

– Non si lemba di mim? Lá da Wal-Mart?

Na tela do monitor Irv podia ver Jimmy Lowe olhando para Lola, a boca aberta.

– Pra ti dizê a verdade, num sei si lembru, não... ma tô muito a fim de mi lembrá – disse Jimmy, se voltando para os amigos, como se pedisse aprovação ou louvor para a sua suposta frase de efeito. Eles o apoiaram, e no monitor era possível notar que os três soldados bebiam suas cervejas em honra aos dotes putísticos de Lola Thong.

– Sô Lola... Non si lemba? Sô miga de Lucille...

– Pôxa... Cumé qui fui isquecê docê? – comentou Jimmy Lowe, virando-se para os amigos e rindo.

Os três soldados se entreolharam, todos rindo nervosamente, e ergueram e baixaram rapidamente seus olhares, analisando a mulher dos pés à cabeça.

– Cê disse qui trabalha na Wal-Mart... – Lola deve ter concordado com a cabeça, incentivando Jimmy a continuar. – Em que parte da loja cê trabalha?

Merda... E agora? O que será que Lola ia dizer?

– Ahhh... Eu trabaio... lá nos fundo di loja...

– Nos *fu-uundo* da loja? – perguntou Jimmy Lowe, esticando a palavra. – Se eu fosse gerente da Wal-Mart, nunca qui eu ia ti deixar lá nos fundo da loja!

– Mas também faço outras coisa, além de trabaiá em Wal-Mart, num sabia?

Lola disse isso de uma forma tão insinuante e provocando uma excitação tão evidente na mesa dos rapazes que Ferretti, ouvindo tudo pelo headphone, virou-se para Irv, levantou o polegar e disse, como que sorvendo as palavras: "é talento nato."

– E aí, Jimmy? Num vai convidá tua amiga pra sentá com a gente, cara? Cê tá companhada di alguém, Lola? – perguntou Ziggefoos.

– Non, non... Tô sozinha qui...

– Intão cê tem qui ficá aqui cua gente... Jimmy, chega pra lá.

Assim que Jimmy se moveu para o lado, os monitores começaram a mostrar a imagem de Lola, com seu penteado alto, os cílios pintados, aqueles olhos orientais faiscantes, os lábios carnudos e sorridentes, além dos fartos seios, feitos sob encomenda, deslizando pelo reservado.

– Quê qui a gente pode oferecê procê bebê, Lola? Vai de cervejim? – perguntou Jimmy Lowe.

– Cervejinha, cara...? Dá logo pra percebê que tu num tem a menor classe, Jimmy... Por que cê num pede o queu tô bebeno, Lola? – sugeriu Ziggy.

– E o qui cê tá bebeno?
– Um crepusco de vodca?
– E comé esse crepusco de vodca?
– É uma bebida pra gente qui nem o Ziggy – disse Jimmy, levantando o braço, dobrando o pulso para trás e mexendo com o dedo mindinho, com jeito efeminado.
– Num liga pra ele não, Lola. Esse cara num tem menor idéia do que é sê refinado...

Por um bom período de tempo a conversa naquela mesa se resumiu a esse tipo de discussão entre Ziggefoos e Jimmy Lowe, na verdade uma disputa para descobrir quem era o mais esperto e mais macho dos dois. O pequeno Flory não falava muito. Na hora de pedir a bebida, Lola tentou conciliar e pediu um tequila sunrise, em vez do crepúsculo de vodca ou da cerveja. Ziggefoos, no entanto, se apressou a dizer que a escolha de Lola mostrava que ela tinha classe e que jamais aceitaria passar a noite num bar bebendo cerveja "como alguns animais" que conhecia. Para revidar, Jimmy Lowe disse que Ziggefoos quase não fora aceito na brigada dos Rangers porque tinha... "certas tendências esquisitas".

Coube a Lola mudar de assunto, quando perguntou para Jimmy Lowe se era verdade que no treinamento das forças especiais do Exército costumavam colocar recrutas numa caixa metálica, do tamanho de um caixão, e trancá-los sem dizer quanto tempo teriam que ficar lá dentro. Ao ouvir esse tema, os três acabaram se entusiasmando, contando vantagens e bravuras das forças dos Rangers, tanto em treinamento quanto em missões militares. De repente, Lola voltou a falar sobre a caixa metálica. Ela disse aos soldados que tinha sempre um mesmo sonho, no qual era trancada, completamente nua, num caixão de metal, onde não parava de se debater. Neste momento, Lola começou a imitar com gestos toda a sua agonia dentro do caixão, mexendo com os braços, ombros e caprichando nos movimentos com os peitos. Os três caipiras devoravam com os olhos cada movimento, cada virada, cada isso e aquilo da tailandesa. Ela então passou a revelar o final do sonho contando que quando estava prestes a desistir, próxima do desespero, alguém chegava silenciosamente e abria o caixão. Antes de ver o rosto de seu salvador, no entanto, sempre acordava nervosa e excitada. Os garotos estavam mudos, estupefatos com o relato de Lola. Os três estavam certamente matutando um jeito de prosseguir no mesmo tipo de assunto sem parecerem vulgares.

Ferretti olhou para Irv e formou com a boca as palavras "talento nato".

Em seguida, Lola sorriu da forma mais provocante que Irv jamais vira alguém sorrir e perguntou para Jimmy Lowe:

– Cês gosta de vídiu? – disse, enquanto brindava Ziggefoos e Flory com uma reprise do olhar, que os incluía.

– Qui tipo de vídio? – indagou Jimmy Lowe.

– Uns vídiu diferente... – disse Lola, o sorriso no rosto esboçando um convite. Ela respirou fundo e seus seios pareceram se ajeitar no espaço exíguo do decote.

– Acho qui depende do vídio, né? – comentou Jimmy Lowe, cuja respiração denunciava sua excitação. Lançando o olhar para os dois amigos, disse para Lola:

– Acho que gostaria di dá uma oiada nesses vídio, sim... Ondié queles tão?

– Tão lá fora – informou Lola, com o mesmo sorriso convidativo.

– Lá fora, onde?

– Lá no estacionamento – disse Lola, quase sussurrando para o soldado e com um olhar tão quente que parecia completar a frase: "no meu boudoir."

– Nostacionamento?

– No meu VL – sussurrou, ao mesmo tempo em que abaixava o queixo e arregalava seus belos olhos escuros na Insinuação de Todas as Insinuações.

Os três se entreolharam por alguns instantes, como se estivessem numa conferência silenciosa. A música vulgar e ordinária da banda de *country metal* era a trilha sonora perfeita para a ocasião.

– Aí... Acho qui num custa nada dá uma oiada, né não? – declarou Jimmy Lowe.

O olhar do soldado tremeu na direção de Ziggefoos e Flory, como se desejasse confirmar a sua decisão. Em seguida, todos os quatro, Lola e os três caipiras, saíram da mesa.

O coração de Irv voltou a acelerar. Os quatro estavam saindo. A minicâmera instalada no DMZ agora só transmitia a imagem de um canto vazio do bar. Outros monitores mostravam imagens da saleta do VL, ainda vazia e escura, exceto pelos raios de luz que emanavam do Bragg Boulevard e do estacionamento. Irv tirou seu headphone e começou a conversar com Gordon e Roy, tentando, mais do que nunca, se acalmar. Todos sabiam o que tinham a fazer. Gordon possuía um reostato para ajustar a iluminação dentro do minitrailer. Irv pediu para testá-lo. A saleta apareceu iluminada e em cores em seis monitores. Era possível ver até o horrendo tecido quadriculado em marrom e amarelo do sofá embutido. Em seguida, Irv fez perguntas a Roy, que comandava o sistema de som. Roy certificou-o da eficácia dos minúsculos microfones para captar o que fosse, até o som da maçaneta, tão logo eles chegassem ao VL. Então se voltou para Mary Cary para indagar alguma coisa mas, antes que completasse a frase, a loura empertigou-se, apertou os olhos e moveu os lábios de um jeito que passava a seguinte mensagem: "Irv, dá um tempo! Fica calmo..."

O coração de Irv agora batia num ritmo frenético. Ele podia jurar que sentia cada movimento do coração de encontro a suas costelas. E o que aconteceria se, de repente, fosse vítima de um processo de taquicardia? Ou fibrilação? E se, de repente, apagasse, desmaiasse em plena emboscada? Seis pessoas – o próprio Irv, Mary Cary, Ferretti, Gordon, Roy e a maquiadora gorda, de cujo nome ele nunca se lembrava – estavam espremidas naquele pequeno compartimento, com as cortinas fechadas... em silêncio total... simplesmente esperando... A luz azulada dos monitores tingia de brilho fantasmagórico a pele das pessoas. Ele podia ouvir o som dos bares de *striptease* e até mesmo o burburinho vindo do DMZ. Irv voltou a colocar seu headphone... e se preparou para esperar mais um pouco.

Por um instante, Irv teve a impressão de estar ouvindo vozes, vozes de caipiras, vozes que pareciam estar tão próximas que chegou a pensar que os três soldados já haviam entrado no minitrailer, sem que ele notasse. Irv deu uma olhada nos monitores, que mostravam, em cores, a saleta iluminada, mas vazia. Ele se virou para Gordon, que tinha o tal instrumento de controle de iluminação nas mãos. Mas, logo em seguida, ouviu pelo seu headphone o rangido da maçaneta abrindo a porta da frente do VL. A porta se abriu e o barulho do Bragg Boulevard entrou com mais força. Num dos monitores já se podia ver Lola entrando no VL. A câmera camuflada focalizava naquele exato instante o generoso decote de Lola. Seus pródigos seios estavam lá, inteirinhos. Logo depois, entraram Jimmy Lowe, Ziggefoos e Flory. Aquelas pequenas figuras nas telas dos monitores, com suas camisetas, seus músculos, seus jeans bem colados no corpo... suas cabeças raspadas, estavam, naquele momento, a apenas uns dois metros de distância, do outro lado da falsa divisória... e em tamanho natural.

No compartimento secreto, Irv olhou para Mary Cary e Ferretti. Naquela luz morta e azulada de microondas eles pareciam silhuetas de uma pintura antiga. E não aparentavam nenhum nervosismo ou emoção. Estavam totalmente absortos em seus headphones e monitores.

A dois metros dali, do outro lado da parede falsa, Lola prosseguia em seu papel de anfitriã, convidando os soldados a sentar-se no sofá. Flory acabou espremido entre Jimmy Lowe e Ziggefoos. Um dos monitores mostrava os três, sentadinhos ali. Outros três monitores mostravam cada um dos soldados, em close-up, cabeça e ombros, um por um. O quinto monitor recebia as imagens de Lola, que se sentava no assento do carona, virado para o lado de dentro daquela pequena residência sobre rodas. O vestido preto de Lola era tão curto que quando ela sentava e cruzava as pernas ninguém tinha certeza absoluta de que havia algo na parte de baixo do corpo.

Jimmy Lowe não parava de mexer a cabeça, sua cabeça raspada, olhando de um lado para o outro. Seu pescoço era extremamente musculoso.

– Içaqui é tudo seu, Lola? – perguntou ele.
– Uh hunn.
– Devi di tê te custado uma nota preta tudo içaqui – comentou Flory.
– Num sei quanto foi non... Ricibi como pati de negócio qui fiz – disse Lola com a cara mais safada do mundo.

Os três rapazes se entreolharam e caíram numa gargalhada sonora e nervosa.

Ferretti se voltou para Mary Cary, em seguida para Irv, abriu o maior sorriso e voltou a encher a boca para sussurrar: "é talento nato." Ele manteve o sorriso mesmo após ter voltado a se ocupar dos monitores. Irv *gostaria* também de sorrir, mas sabia muito bem que seria incapaz de fazer isso, ou pelo menos não nessas circunstâncias. Ele admirava a capacidade que Ferretti tinha de manter o humor numa situação tão tensa como aquela. Ambos eram produtores de televisão, mas eram animais de raças distintas.

Lola ofereceu aos três soldados bebida, e eles acharam a idéia boa. Ela, então, se levantou, foi até a geladeira da quitinete, de onde tirou uma garrafa grande de Colt 45, encheu três copos de papel e serviu os soldados. Nos monitores, Irv podia ver como os olhos dos rapazes – e as cabeças raspadas com orelhas realçadas – seguiam cada movimento, cada rebolado, cada inclinação do corpo da mulher. Naquele momento, ela estava tirando uma fita de vídeo de uma prateleira sob o aparelho de tevê e a colocava no aparelho de videocassete. O único monitor escuro, com a tela vazia no compartimento secreto, começou a transmitir a imagem da TV na saleta. Lola e os três caipiras se recostaram em seus assentos, olhos grudados na televisão. A primeira imagem que apareceu foi a de um bosque de pinheiros sombrio no nível do chão, mas incrivelmente verde e dourado onde o sol banhava as ramagens... de repente, música.... uma antiga canção de Dionne Warwick chamada "Anyone Who Had a Heart"... Ao longe, surge a figura de uma jovem vestida com um belíssimo e refinado vestido antigo, branco, comprido até os pés. Ela está de luvas brancas e de chapéu com abas largas... e carrega em suas mãos uma sombrinha e uma pequena pasta amarrada por uma fita... A jovem se aproxima cada vez mais... É Lola... Seu vestido, cheio de laçarotes, cobre totalmente o corpo, até o pescoço, mas pode-se notar o grande volume – na altura dos seios – ansioso por liberdade... Ela pára sob um pinheiro bem alto, coloca a sombrinha debaixo de um braço e, a seguir, abre a pasta, extraindo dela três fotografias... Enquanto isso Dionne Warwick cantarola e choraminga algo sobre decepções e amores perdidos...

Nos monitores, Irv pode observar os três soldados, nervosamente atentos ao que se passa no vídeo. Qualquer um podia perceber exatamente o que eles esperavam, entre ansiosos e deliciados, assistir em seguida.

Na TV, Lola, com seu vestido *belle époque*, olha de forma triste e terna para as três fotografias.

Triste e terna...? Era óbvio para Irv que, como atriz, Lola era pior do que o pior canastrão do cinema mudo. Mas, por outro lado, sutileza não era exatamente uma virtude no ramo de entretenimento pornográfico. Alguma coisa no vídeo estava incomodando Irv... É claro, fora ele quem idealizara tudo aquilo... Ferretti e uma equipe de filmagem tinham levado Lola para uma floresta, nas montanhas, perto de uma cidade chamada Southern Pines e lá rodaram o vídeo. Mas tinha sido ele, Irv, quem criara toda aquela história e o jeito como deveria acontecer. Meu Deus do Céu... Será que ele tinha ido longe demais dessa vez? Bem, de qualquer forma, só aquele grupo reduzido de pessoas veria sua criação completa.

Enquanto isso, na TV, a câmera focaliza os olhos enternecidos de Lola e passa para um close das três fotos... são Jimmy Lowe, Ziggefoos e Flory... O rosto de cada um aparece na tela...

– Louvado Nosso Sinhô... Cumé quiocê consiguiu fazê içaí...? – perguntou Ziggefoos, totalmente confuso.

– Podi crê... Cumé quicê fez...? – indagou Flory.

Jimmy Lowe simplesmente olhava boquiaberto para Lola. Os outros dois assumiram a mesma postura. Eles não conseguiam entender o que estava acontecendo. Na verdade, as fotos eram adaptações das tomadas obtidas em incontáveis horas de filmagens dos soldados dentro do DMZ.

– Shhhhh!!! Eu non dissi ocês vídiu diferente? – disse Lola, com seu sorriso safado.

No bosque salpicado de pinheiros, Lola olha de um lado para o outro, como se quisesse ter certeza de que não havia ninguém por perto. Então, coloca a sombrinha, a pasta e as fotos no chão e volta a olhar para os lados. Em seguida tira as luvas longas e atira-as no chão. Suas mãos passam a desabotoar e desenlaçar seu vestido na altura do colo.

Finalmente, parece que os sonhos de luxúria dos três soldados estão próximos de sua realização... Não é hora para perguntas ou questionamentos sobre detalhes da produção.

Um solo de saxofone perturbador... Lola prossegue na tarefa de se despir... Lá se vai o chapéu de abas largas... Fazendo-se acompanhar de caras, de bocas e de poses, consegue se desvencilhar do vestido... E começa a tirar o espartilho... Mais uma vez ela volta a olhar para as fotos, espalhadas a seus pés, na grama do bosque... A foto de Jimmy Lowe é focalizada... De repente a foto ganha vida e Jimmy aparece se mexendo no vídeo.... O mesmo acontece com as fotos de Ziggefoos e Flory... Entra a música da banda *country metal* e a imagem dos três conversando e bebendo na mesa habitual do DMZ.

– Meu Deus do Céu, Lola... Ondié quicê consiguiu a porra dessi vídio? Qui merrda de brincadera é essa...? – perguntou Jimmy Lowe, cada vez mais confuso.

– Isso é vídiu ínter-atívo, non? Seu bobinho... Cê non conheci vídiu ínter-atívo?

Vídeo interativo... Ferretti, mais uma vez, olhou para Irv e Mary Cary com seu enorme e característico sorriso. *Talento nato*! Mary Cary devolveu-lhe o sorriso. Quanto a Irv, naquele momento, só pensava numa coisa: e se Jimmy Lowe se zangasse de verdade e arrebentasse aquela divisória falsa, em busca do Mágico de Oz?

Felizmente, ninguém – nem Lola, nem qualquer outra pessoa – teria que dar maiores explicações sobre os "efeitos especiais", já que as imagens do vídeo tinham voltado para o bosque de pinheiros... Mais uma vez, lá estava Lola circundada pela natureza... tomada pelo desejo e pela sensualidade... ela se contorce, movimentando seus quadris e pélvis no ritmo da música *country metal*... Consegue abrir a parte da frente do espartilho e, logo após, livra-se dele, jogando-o sensualmente na relva do bosque... Agora seus gloriosos seios estão à mostra.

Os três caipiras estavam simplesmente bestificados. Pareciam estar entrando em coma sexual profunda.

Lola, outra vez, olha para as três fotos espalhadas na relva do bosque... Jimmy Lowe... Ziggefoos... Flory... as fotos... mais uma vez ganham vida... novamente no DMZ... Ziggefoos começa a falar:

–... êcis sacana dessis sujeito nunca ti dizim direitu cumé qui fôrum ficá, assim dessi jeito. De repenti tu vê uns fia da puta puraí, cheio de pêlo na cara e buchecha assim, iguá a Jesus Cristo e falano di AIDS e de direita dusguei.

– Utapariu – disse Jimmy Lowe.

No vídeo, em seqüências rápidas, eles falavam também sobre Holcombe, suspeito de ser um homossexual, e Ziggefoos narrava suas aventuras em Myrtle Beach, onde ele e seu irmão viram "dois sujeito nuzão, sisfregano qui nem uns bichu e um par'cia que tava cabano cua raça do outro".

"Que maravilha, que maravilha!", pensou Irv, a respiração acelerada. Os três soldados assistiam a tudo mas pareciam estar, ao mesmo tempo, num transe sexual. Sequer olhavam, como antes, uns para os outros, desconfiados. Não tinham a menor idéia do que ainda estava por vir.

Lola voltava a dominar as imagens no vídeo... seminua no bosque de pinheiros... com o *country metal* como música de fundo... Lola abre as pernas e coloca a mão por dentro de sua microcalcinha e começa a gemer e a sacudir a cabeça, como se estivesse em êxtase... De repente, o vídeo volta a mostrar os três rapazes no DMZ. Ziggefoos tem a palavra:

– É disso queu tô falano, cara... Eis nunca falum dessas putaria quando grita puraí a favô dusguei e de todo esse papo de casamento pras bicha e sá merrda toda... – Jimmy Lowe, então, se inclina na mesa em direção a Ziggefoos e olha para um lado e para outro e diz: – Agora tu falô tudo, amigão... Se alguém tivesse visto queu vi lá no... – Neste momento Jimmy Lowe pára a frase no meio, como se, por precaução, algo o impedisse de mencionar, claramente, o nome de um lugar, mas logo em seguida continua: – Carqué um tinha feito zatamente a merma coisa queu, ou pelo menos ia tê vontade de fazê a merma coisa...

Pelos monitores, Irv podia observar que os três voltavam a se entreolhar, desconfiados. Eles não estavam nem tão bêbados nem tão inebriados pela excitação sexual a ponto de terem perdido a consciência do perigo de toda aquela situação... só faltava o vídeo mostrar Jimmy Lowe dizendo, com todas as letras, o que fez quando flagrou Randy Valentine praticando sexo oral com outro sujeito, no banheiro de um bar no Bragg Boulevard.

Mas, naquele instante, lá estava o vídeo de volta à floresta... Lola parecia ainda mais insinuante, com a língua rosada lambendo seus lábios cor de rubi... A câmera focalizava diretamente a vagina da tailandesa... um close-up dos pêlos pubianos... outro close-up dos lábios da vulva... e... Shazam...! Lá estavam os três soldados de volta ao DMZ... Era Jimmy Lowe quem falava:

– ... Fiquei mermo muito invocado e rombei aquela porta em dois tempos. Quebrei as dobradiça e tudo.

Ziggefoos, então, comenta:

– Tu pegô ele di surpresa... O fia da puta num deve tê tendido nada...

E Jimmy Lowe completa:

– ... A porta devi di tê caído bem cima dele quano rombei... O sacana tava meio tordoado, perto da parede, quano peguei ele.

No monitor, Irv podia ver Jimmy Lowe olhar para Ziggefoos. Havia medo real estampado em seu rosto.

– Mas qui merrda é essa?

Em seguida, se virou com cara zangada para Lola e gritou:

– Qui porra é essa qui tá conteceno aqui?

Lola não disse palavra, mas continuou a sorrir, embora o medo fosse perceptível em seus olhos. Ela se levantou da poltrona e apontou languidamente em direção à TV.

Nem Jimmy Lowe, nem Ziggefoos, nem Flory conseguiram resistir. Seus olhos e suas atenções voltaram-se, mais uma vez, para o vídeo.

Lola continuava no bosque... rebolando, se contorcendo, com a língua de fora... Com os dedos de uma mão ela acariciava a vagina, seus quadris se elevando, as presilhas da liga pendendo como borlas... Com a outra mão ela massageava os peitos... Os soldados pareciam em delírio, hipnotizados pelas imagens da TV...

Irv se voltou para Mary Cary, que estava bem ali ao seu lado, totalmente absorta no que acontecia através do headphone e dos monitores. Foi preciso dar uma leve cutucada com o cotovelo para chamar a atenção da loura. Através de gestos e apontando para o relógio e para o monitor, Irv deu a entender que o vídeo estava próximo do fim e que ela se preparasse para entrar em cena. Ele vislumbrava pouco do rosto de Mary Cary, naquela penumbra em que se encontravam. Estava escuro, apertado e quente; ele mal conseguia respirar. Mary Cary, no entanto, apenas acenou com a cabeça para se certificar de que a maquiadora estava a postos e voltou para os monitores. Irv cutucou Ferretti. Não dava para acreditar. Ferretti sorria.

No vídeo, Lola rebola e se contorce mais do que nunca, suas duas mãos agora massageiam os genitais. Sua pélvis é impelida para frente. Ela geme, suspira, arfa e muito mais. E de repente, começa a gritar.... Ahhh... Aahhnn... Aaaahhhh AAAAHHHHHHNNNN... – um guincho mortal.

A câmera se distancia... O saxofone toca os últimos acordes de "Anyone Who Had a Heart".

Por um momento, Jimmy Lowe permaneceu imóvel, após o final do vídeo. Ziggefoos deu um tapa em sua perna para reanimá-lo e disse:

– Sei não, Jimmy... Num tô gostano dessa merrda não, cara...

Jimmy Lowe vira-se para Lola, que por sua vez estava de pé, próxima da porta do VL. Ela procurava manter o sorriso, sentindo que a batalha podia se perder.

– Óia qui, porra... Ocê vai me falá direitim qui merda é essa toda qui tá rolano aqui... E vai falá agora... – intimou o soldado musculoso.

– Televison ínter-atíva... televison ínter-ativa... é televison ínter-atíva... – repetia Lola, como se da palavra ínter-atíva dependesse sua vida.

– Interativa é o cacete... Eu fiz uma pergunta e tô quereno uma resposta... – gritou Jimmy Lowe.

– Non credita in mí? É televison ínter-atíva. Televison ínter-atíva, Jí-mí...

TERCEIRA PARTE

O verdadeiro macho

Jimmy Lowe estava furioso e partiu rosnando para cima de Lola. Por trás da porta falsa do VL, Irv estava de coração na boca. Ele permanecia com o headphone, mas seu sistema nervoso estava adotando o velho padrão pegar ou largar, e estava mais propenso a largar tudo, o que tornava o headphone um empecilho. Virou-se, então, para Mary Cary e murmurou uma única palavra: "Pronta?" Mas Mary Cary havia se antecipado: já tinha retirado seu headphone e se encontrava de pé, em frente à divisória que separava o compartimento secreto da saleta. A maquiadora gorda deu os últimos retoques nos cabelos, no nariz e na testa da apresentadora do *Dia & Noite*. Os dois técnicos, Gordon e Roy, também estavam posicionados, logo atrás de Mary Cary. Eles eram uma dupla de "armários" (Graças a Deus!). Deviam estar na casa dos trinta, mas aquela penumbra azulada em seus rostos fazia-os parecer algum tipo de rocha submarina. Ferretti estava com eles e havia tirado seu headphone. Ele deu uma piscada de olho! Como se não houvesse toda aquela tensão no ar. Um assombro! – mais uma vez maravilhou-se Irv.

– Non credita in mi, Jí-mí? Vô mostrá gora mermo – era a voz de Lola que ecoava no headphone de Irv.

Ele olhou para a tela do monitor. Ela parecia já estar perdendo a pose, apesar de tentar manter o ar concupiscente. Ela também pusera uma das mãos na maçaneta da porta do VL. A senhorita Lola Thong estava pronta para dar o fora.

– Olha! Visita muito ispecial! – gritou Lola, apontando para a falsa divisória.

Irv se virou para trás, em direção a Mary Cary e comandou: "Agora!" Mas, mais uma vez estava atrasado. A loura alta abriu a falsa divisória e entrou, desafiadora, na saleta. Não esperou a ordem de comando. Ela estava preparada para enfrentar aqueles... *skinheads* caipiras!... assassinos! Irv Durtscher, o Máximo Gorki da mídia, inconscientemente se encolheu na cadeira só de pensar no confronto que estava tendo início. Mas não precisava temer. Na retaguarda de Mary Cary estavam Gordon, Roy e Ferretti, que fechavam a abertura entre os dois espaços do VL.

Irv voltou aos monitores. A imagem de Mary Cary ainda não fora captada por nenhuma das telas observadas por Irv. No entanto, lá estava a imagem dos três soldados sentados no sofá, olhando para ela. Num outro monitor, Lola saía do veículo e fechava a porta. Os rapazes sequer notaram. Eles permaneciam embasbacados. Diante deles se encontrava uma louraça com uma blusa de seda cremosa branca, propositadamente desabotoada até o limite do que podia mostrar, um blazer azul-celeste de cashmere e uma curtíssima saia branca, que servia como moldura para um maravilhoso par de pernas... era, talvez, a louraça mais conhecida de toda a América.

– Olá, Jimmy. Sou Mary Cary Brokenborough.

Sou Merry

Kerry

Brouken

Berrah

Ela pronunciou o nome precisamente do mesmo jeito que recitava toda semana na abertura do *Dia & Noite*! Era idêntico! Sem qualquer tremor ou oscilação na voz. A frieza da mulher era uma coisa espantosa, apesar de Irv tê-la visto fazer a mesma coisa em situações semelhantes. A admiração e a inveja que sentia naquele momento fizeram com que abandonasse todos os temores e voltasse a observar, encolhido, cada detalhe da emboscada, através do headphone e dos monitores.

– Sá não... Pára cum isso... – disse Jimmy Lowe, boca aberta, cabeça pendida para o lado. – Num tô creditano. – Ele tentou esboçar um sorriso, na esperança de que ela o devolvesse e lhe revelasse que tudo aquilo não passava de uma grande e inocente brincadeira.

– Você pode acreditar, Jimmy. Eu sou Mary Cary Brokenborough e tenho uma boa e uma má notícia pra você. A boa notícia é que não somos da Polícia. A má notícia é que somos do *Dia & Noite*.

Àquela altura dos acontecimentos, Mary Cary já tinha se posicionado em frente do sofá, tendo sua imagem captada por uma das câmeras camufladas. O que não seria captado pelas câmeras, nem tampouco visto pelos mais de 50 milhões de telespectadores do programa, era a muralha humana composta pelos soturnos centuriões de Mary Cary: Gordon, Roy e Ferretti.

Jimmy Lowe não sabia o que dizer. Olhou para Ziggefoos, para Flory... Os três se entreolharam. Aquele momento era crucial. Não precisavam ser muito brilhantes ou sensíveis para perceber que – PUTZ! – estavam em apuros. Era xeque-mate... Aquele era o momento no qual eles teriam que tomar uma decisão. Um trio composto por pessoas mais velhas – e não necessariamente mais sábias – poderia muito bem se recusar a dizer sequer uma palavra e simplesmente sair, ou até mesmo partir para o ataque. Mas aqueles garotos faziam parte da terceira geração da era da televisão. Para eles, a televisão não era um meio de comunicação, fazia parte de suas vidas como o ar que respiravam. A relação que mantinham com a TV era a mesma que seus pulmões mantinham com o oxigênio. E ninguém sonharia em passar sem eles. Uma figura como *Merry Kerry Broukenberrah*, que entra em sua casa invariavelmente todas as semanas, de repente, se materializa, de carne e osso, na sua frente. Eles estavam ao mesmo tempo chocados, assustados, mesmerizados – e perdiam, a olhos vistos, a batalha da lógica. Eles não reagiam, nem fugiam. Permaneciam ali, envolvidos pela aura mística de uma das deusas da mídia eletrônica, uma deusa que podia ser temida ou até não ser muito querida, mas jamais poderia ser ignorada. Ela fazia parte de suas vidas, exatamente como o sangue em suas veias, e *tinha perguntas a fazer*.

Nos monitores Irv seguia as cabeças raspadas e orelhas proeminentes.

– Vocês se lembram e reconhecem todas as imagens que viram nesse vídeo, estou certa? – indagou Mary Cary, já sentada na mesma poltrona que Lola vinha ocupando, e apontando para o aparelho de tevê.

– Porra... inda num tô creditano... É ocê mermo? – perguntou Ziggefoos, ainda um pouco incrédulo.

– Eu acho que você pode me reconhecer muitíssimo bem, como eu também acho que você pode se reconhecer muito bem falando naquele vídeo – disse Mary Cary, apontando novamente para o aparelho de TV. Ela falava de forma calma, clara e firme. Era fria e objetiva como se estivesse jogando uma partida de xadrez.

– Quiuspa! – disse Ziggefoos, com tanta ênfase que assustou Irv. – Merry Kerry... Merry Kerry... Cê só podi tá di sacanagi cu'a genti, né?

– Será que as imagens e o som não pareceram reais? Será que não deu para ouvir você, Jimmy e Flory falando sobre o que aconteceu com o Randy Valentine... nas suas próprias palavras?

– Merry Kerry... Merry Kerry... Merry Kerry... – Ziggefoos falava em tom de devaneio, como era de devaneio todo o seu jeito. – O qui ocê sabi a respeitu diçaí? – perguntou Ziggefoos, com um sorriso tolo nos lábios.

– A questão é do que *vocês* estavam falando naquele vídeo... Por que você não me esclarece sobre isso? – rebateu Mary Cary.

– A única coisa queu vi ali foi uma piranha sacudino a bunda num pinheiral, Merry Kerry... – disse Ziggefoos.

Mary Cary simplesmente ignorou o comentário de Ziggefoos e, dessa vez olhando diretamente para Jimmy Lowe, perguntou:

– Jimmy, por que não me conta exatamente o que aconteceu aquela noite, quando você flagrou o Randy Valentine no banheiro masculino do bar?

– Merry Kerry... diz uma coisa... Cê já esprimentô um crepusco de vodca? – indagou Ziggefoos.

– Não... E se eu fosse você...

– Ô, Merry Kerry, intão vão bora saí daqui e vamu tomá uns crepusco de vodca, bem qui do lado, no DMZ... – sugeriu Ziggefoos, sorrindo e aparentando tranqüilidade.

Que sujeitinho sacana, esse! pensou Irv. *Merry Kerry pra cá, Merry Kerry pra lá...* Irv já havia testemunhado esse tipo de intimidade irritante, típica de gente mais jovem. O rosto e a voz de Mary Cary já eram tão familiares do grande público que todos achavam que a conheciam, todos a consideravam de casa. E esse garoto, usando desse recurso, se achava esperto ou bêbado o suficiente para transformar uma emboscada numa droga de um flerte.

A expressão de pânico que dominava o rosto de Jimmy Lowe começou a se dissolver. Ele começou a entender a estratégia do amigo e disse:

– Também tô achano umótia idéa a genti caí na gandaia... Vumbóra gatinha, levanta a bundinha daí...

– É içaí... – apoiou Flory.

Ziggefoos sorriu para ambos, instigando-os.

– Muito obrigada, mas eu não vim até aqui pra ir para a farra. Eu estou aqui para...

– Ahhhhhhhhh, Merry Kerry... Pára com isso... – incitou Ziggefoos. – Cê já tá vistidinha pruma festa... Vão bora pra noiti... Cê num quizé o crepusco de vodca, cê podi tumá umas cervejinha... Peço uma grande, te dô metade.

Jimmy Lowe e Flory começaram a rir. *Metade!* Essa era boa.

A aprovação animou Ziggefoos a continuar:

– Te fereço inté uns cigarro... Final de conta, num é todo dia qui chega alguém di Noviorque pra visitá o DMZ – disse Ziggefoos, todo animado. – Cê é de lá, num é? Noviorque?

Jimmy Lowe e Flory estavam às gargalhadas. Irv começou a se desesperar. Aqueles três soldados estavam dobrando Mary Cary. Estavam transformando a emboscada numa grande farsa.

– Eu acredito que você não vai ter muito do que rir quando for julgado por assassinato, Jimmy.

Mary Cary disse isso com tal firmeza e seriedade que quase imediatamente Jimmy parou de rir. Ela havia recuperado a atenção dele.

– Jimmy, no vídeo que acabaram de ver, você conta como atacou o soldado Randy Valentine, sem qualquer motivo plausível, sem qualquer justificativa, num banheiro masculino de um bar, não muito longe daqui. Você...

– Pô, relaxa, Merry Kerry... Cê num tá no *Dia & Noite*. Cê tá na noite do Bragg Boulevard... Vámu relaxar e si diverti – disse Ziggefoos.

Mas Mary Cary continuou provocando Jimmy Lowe.

– ...contou também que a porta do reservado que você arrombou caiu bem em cima de Randy Valentine e que, logo depois, você começou a bater nele.

Mary Cary queria testar Jimmy Lowe ao máximo. Queria pressioná-lo o quanto pudesse. Ele estava a ponto de agarrá-la pelo pescoço.

– Cê pricisa de um drinque, Merry Kerry... Cê pricisa dá uma relaxada... – insistia Ziggefoos.

Ziggefoos continuava sorrindo, mas Jimmy Lowe e Flory não estavam tão tranqüilos e desenvoltos como ele. Eles se entreolhavam com preocupação e depois procuravam em Ziggefoos apoio.

– Eu acho que você também deixou bastante claro o motivo pelo qual atacou e surrou Randy Valentine. Você fez isso por pura homofobia. Randy Valentine foi agredido e surrado porque ele era diferente, porque ele tinha uma preferência sexual diferente da sua. Ele foi atacado porque era gay. Não é isso o que você diz no vídeo?

– Num disse nada disso – gritou Jimmy Lowe, com uma expressão de total desamparo, como se não compreendesse como aquela aparição nacional, materializada nos fundos do DMZ, no Bragg Boulevard, pudesse estar brandindo tais acusações bem na sua cara.

– Mas nós acabamos de ver e ouvir você falar isso, numa mesa de bar, para os seus amigos. Você vai negar tudo o que disse? – voltou a indagar Mary Cary.

– A única coisa queu falei foi qui...

– Cala boca, Jimmy – ordenou Ziggefoos.

– Ouvimos o que você e o Flory disseram. Vocês não só confessaram envolvimento na agressão, como também deixaram claro a motivação. Randy Valentine "não pertencia à nossa paróquia", não foi isso, Flory? "O modo de vida gay é nojento", não foi isso que escutamos de você, Ziggy?

Irv estava maravilhado. Mary Cary estava realmente desafiando os três soldados. Não havia o menor tremor em sua voz. Suas frases saíam perfeitas. Ela estava dando corda. Se eles não parassem de falar agora, iriam se enforcar.

Depois de alguma hesitação, Ziggefoos voltou a falar:

— O qui ocê sabe a respeito diçaí?

— Sei apenas o que acabei de ouvir você dizendo, você e Jimmy e Flory em suas próprias palavras. Se não foi pela razão que você contou, por que *você* atacou Randy Valentine?

— O queu... — começou Jimmy.

— Cala boca, Jimmy...! Cala boca...! Tu num tem qui dizê nada préla... — cortou Ziggefoos. Então ele encarou Mary Cary.

Para Irv, a cara magra e comprida de Ziggefoos, com seus olhos apertados, parecia mais zangada e ameaçadora do que nunca, vista em close-up num dos monitores.

— Num era disso queu tava ti perguntano, Merry Kerry... Ninhum de nóis aqui tem guma coisa a vê cum Randy Valentine. Ninhum de nóis sabi qui porra conteceu cum ele. Mas posso dizê um troço...

— O que você pode me dizer? — perguntou Mary Cary.

— Posso ti falar dessi tar di estilo di vida gay.

— Pois bem, pode falar.

— Essi tipo di coisa di gay num cumbina nada cum o Exérço dos Estados Unidos.

— É mesmo? E por que não?

— Cê cunhece alguém do Exérço?

— Claro... Meu pai era do Exército. E serviu na guerra da Coréia.

— Cê alguma vez perguntou pra ele o qui ele achava di sirví no Exérço do lado dum mossexual?

– Não, nunca perguntei. Mas tenho certeza de que ele não seria favorável a pôr abaixo portas e a agredir qualquer pessoa sem um bom motivo.

– Cê sabe qualé a missão dum soldado? Cê sabe o qui é qui ele tem qui fazê?

– Me diga... – disse Mary Cary, já irritada com a insistência desse *skinhead* caipira, tomando para si o papel de interrogador.

– Um soldado ixiste pra lutá. Ele ixiste pra riscá sua vida.

Irv levou um tempo para entender que "riscá sua vida" queria dizer arriscar a vida.

– Di vez in quano o país, guverno... carqué país, carqué guverno... pricisum di uns cara pra lutá e pra riscá suas vida. E cê acha qui carqué um tá a fim de fazê isso? Carqué um tá fim de morrê pr'obedecê orde dum país ou dum guverno?

Ele esperou a resposta dela.

– E daí? – convidou Mary Cary, irritada.

Merda! Pensou Irv. Esse garoto falava muita baboseira, mas sem dúvida tinha uma enorme capacidade de reverter as situações. Se ao menos o Jimmy Lowe contasse alguma coisa... Aí sim...

Mas era o Ziggefoos quem estava monopolizando a conversa.

Jimmy Lowe e Flory estavam sentados, de boca aberta, olhos piscando, e olhando de Mary Cary para Ziggefoos e de Ziggefoos para Mary. Bem, talvez ele pudesse...

– Não – continuou Ziggefoos. – Ninguém qué riscá a vida. Tá inteneno o que queu tô dizeno?

– Vá em frente.

– O qui o Exérço faz é pegá um monti di garoto e transformá elis numunidade. Umunidade. Cê tá inteneno u queu tô falano? Um cara podi senti medo, podi si pavorá... Mas umunidade num tem medo nunca, nunca si pavora... Quano cê tá em combate, levano fogo pesado duinimigo, quem vai te ajudá é a unidade intera... e quem vai tá lá pra infrentá os inimigo é todunidade... Si a genti fô dependê di um monti dindivíduo separado, a genti tá perrdido... Quano cê faz parti di umunidade, di um pelotão, cê tem o coração, a cabeça e a arma de tudo qui é soldado dentro docê... qué ele quera, qué não, o pelotão tá dizeno prêle: "Um soldado di verdade num foge... Soldado di verdade risca a vida se tivé di sê... Tá num combate."

– Me parece que o único soldado que arriscou e deu sua vida, recentemente...

– ... quano sitá im combate...

– foi um soldado que nem mesmo estava numa...

– Me deixa eu terminá, Merry Kerry... Quano cê tá im combate...

– Espera só um momento... Se você gosta tanto de falar de combates e de batalhas, vamos falar disso, então. Quando é que você esteve envolvido em combate? E não *estou* falando aqui de treinamento ou de exercícios militares. Estou falando de combates reais, batalhas de verdade.

– Eu tive...

– Ou será que isso tudo sobre combates e batalhas não faz parte de uma grande teoria militar da sua cabeça?

– Já tive im combate, sim...

– É *mesmo*? Que interessante... E onde foram esses combates? Na Coréia? Na guerra do Vietnã, que provavelmente terminou no ano em que você nasceu? Você, na verdade, nunca participou de qualquer combate real, *certo*?

– Claro que *participei*...

– *Quando*, exatamente? E *onde*?

– Na Somália...

– *Somália*? – retrucou Mary Cary, irônica. – Você fez parte da missão da ONU que levou comida para as vítimas da fome... Você chama isso de combate militar?

– Cê já ouviu falá do Domingo Sangrento?

Acompanhando os monitores no compartimento traseiro do VL, Irv imediatamente pôde constatar dúvida e consternação no rosto de Mary Cary. Ela não sabia o que dizer para o soldado. "Domingo Sangrento"... Já tinha ouvido essa expressão antes, relacionada à questão da Somália, mas não sabia exatamente do que se tratava. As engrenagens do cérebro giravam, mas não a ajudavam.

Mary Cary funcionava magnificamente bem para algumas matérias investigativas e uma ou outra reportagem especial, mas, ao contrário de Irv, não tinha o hábito de devorar os fatos do país e do mundo pelos jornais e noticiários da TV. Como centenas de outras pessoas do ramo, ela era uma profissional competente, mas com um nível mediano de informação. E, como outras tantas pessoas do ramo, Mary Cary não tinha se formado em jornalismo. Ela fora aluna da Faculdade de Artes Dramáticas da Universidade da Virgínia. A grande estrela dos programas jornalísticos de TV na América era, na verdade, mais atriz do que repórter. Profissionais como Mary Cary tinham orgulho de ser enviados a qualquer parte do mundo, como correspondentes, para cobrir qualquer tipo de matéria, sem qualquer tipo de informação sobre o assunto e, assim mesmo, se saírem bem. Bastava serem pautados durante dez, quinze minutos sobre o tema ou terem à mão alguma informação sintetizada. Depois, era só ir para a frente das câmeras e regurgitar o material com ar de profunda, insondável e até presunçosa autoridade. O resto era... teatro. A grande guinada de Mary Cary para o estrelato aconteceu em 1979. Murray Lewis, um simpático produtor que se assemelhava fisicamente a um gnomo espinhento, resolveu enviar a louraça de Nova York para Teerã para cobrir a crise dos reféns na embaixada americana. Do aeroporto em Teerã ela foi direto para a embaixada, a tempo de transmitir uma matéria ao vivo para o noticiário noturno. Ela se arrumou, se postou em frente à embaixada, bem próxima de vários manifestantes barbudos e furiosos que carregavam cartazes e bandeiras e que gritavam palavras de ordem contra os Estados Unidos. O *timing*, o cenário e o *décor* eram perfeitos. O único problema era que Mary Cary não sabia coisa alguma. Mas isso também não foi problema... Ela simplesmente colocou um ponto eletrônico no ouvido – bem coberto pela sua vasta cabeleira – e repetiu, irrepreensivelmente, o que ouvia através dele. Um despacho da Agência Associated Press, soprado por Murray, diretamente de Nova York, via satélite. Ela só teve que atuar. E quem viu a matéria poderia jurar que aquela repórter loura de lábios carnudos era uma especialista em assuntos iranianos e em questões internacionais, capaz de deixar um Bismarck ou um Kissinger de queixo caído.

O problema era que, naquele momento, Mary Cary não tinha um Murray Lewis, ou mesmo um Irv Durtscher para lhe sussurrar qualquer informação nos ouvidos. Ela se sentia num daqueles raros momentos de vulnerabilidade, absolutamente sem ação, e escorregou para seu procedimento padrão nesses casos.

– Vá lá... Continue... – ela propôs ao soldado num tom que insinuava que tudo o que o pobre-diabo dissesse só serviria para cavar ainda mais funda sua sepultura.

Irv agitou-se. Irv sabia exatamente o que era Domingo Sangrento.

– Foi um domingo, três de outubro, mil novecento e noventatrêis – prosseguiu Ziggefoos. Agora ele sustentava um olhar firme, sem piscar, na direção de Mary Cary. – Nossunidade tava no Mercado Bakhura, o comandante, major Lumford, disse pra nóis: "ei, um informante desse nos passô que esse tar de Mohammed Aidid e otros chefão lá deles tão num encontro secreto ali no..."

– Tenho certeza de que tudo isso é muito interessante, mas não vejo o que tenha a ver com o assassinato de Randy Valentine – interrompeu Mary Cary.

Ziggefoos, no entanto, não iria permitir ser desviado do assunto. Sua expressão estava ainda mais séria do que antes. Seus olhos e sua postura eram os de um promotor durante um julgamento. O sujeito sequer piscava! Ele simplesmente seguiu em frente com seu sotaque caipira:

– Eles tavo teno uma reuniã secreta lá nôtel Olympic, o Aidid e os homi de confiança dele... Intão o comandante resoveu mandá pra lá uns 40 de nóis nuns MH-60... essis aí são uns helicóptro... também chamam elis di Farcão Negro. Era três e meia da tardi, sola pino, e eles tinha mandado mais uns outro pelotão de Rangers, istacionado no quarté general. Também foi mandado pra lá mais um Comando Delta.

– Olha aqui, eu realmente não estou interessada em...

Mas a voz de Ziggefoos sobrepôs-se à dela:

– ... e em meno de cinco minuto nóis da imbaixada e o pessoal das outrunidade, tavamu tudo lá... Era praticamente uns vinte helicóptro sobrevoando o raio daquelôtel... Cê num podi nem maginá a barulheira quium MH-60 podi fazê... como truvão... inda mais uns vinte tudo junto... Só sei qui todo muno na merrda daquela cidade cabou sabeno qui alguma coisa de importante tava aconteceno, né? I tem outra coisa... tudo qui é sujeito na cidade tinha arma e era de alguma milícia, comprende, então eles pegaro as arma pra esperá...

Mary Cary estava espantada com o tom combativo de Ziggefoos ao falar daquilo tudo, bem como seu olhar acusatório.

– A nossunidade... descemo tudo di corda do helicóptro té o telhado do otel... umas otra unidade, inquanto isso, tava invadino ôtel e capturaro tudo que foi fia da puta: o Aidid, os homi di confiança dele, todo mundo... Depois a gente si juntô tudo isperano a chegada do transporte dos prisionero, na rua, bem na frente dôtel... Foi aí qui o inferno começô...

– Você deve entender muito bem o que é inferno, não é, Ziggy? – disse Mary Cary, sem o tom de comando habitual. – O Randy Valentine também acabou sabendo o significado da palavra inferno...

– ... as disgraçada daquelas milícia somali... devia ser mais de quinhentuzomi qui viero de tudo qui é canto... e ninhum tinha uniforme, não... a milícia do Aidid era tudo assim, tudo genti comum... cê nunca ia saber si o cara era da milícia ou si era um cidadão comum. E tavam ispalhado pela cidade inteira... em barraco ou na rua... sempre preparado pra fazê alguma sacanagi com quem desse bobera... Tavam em volta da genti qui nem barata... Tinha sujeito até trepado nas árvori... e hômi vestido de mulé... E tudo com armamento de primera: rifle AK-47, debaixo das saia... lança-granada, Glock-tomática... Di repenti um dos helicóptro foi derrubado e caiu bem ali na frente da genti, bem no mei da rua... Nóis tinha di saí de dentro dôtel e ficá em volta duavião, porque o piloto tava vivo, nas ferrage... e tinha soldado morto lá dentro, mas quem chegasse perto prajudá levava bala... Aqueles fia da puta tudo começaro a atirá contra nóis... Comecei a vê um monte de amigo e companhero de pelotão... uns cara qui tava cumigo desde o iníço dos Ranger... caíno morto no chão daquela rua imunda de Mogadício... Quano corri pra mi protegê atrás duma árvori... Bummm!... Só me lembro duimpacto e ditê caído de cara no chão... Os istilhaço de uma granada tingiro meu braço isquerrdo, minha perna isquerrda e o lado isquerrdo das minhas costa... Cê tá veno içaqui?

Ziggefoos levantou o braço até a altura da orelha e puxou a manga da camiseta. Até do monitor, Irv podia ver perfeitamente a enorme cicatriz que se estendia da parte interna de seu antebraço até a axila.

– Essa qui, Merry Kerry, é só uma das cicatriz queu tenho... Iguaizim a ela tenho uma porrada espaiada por todo lado isquerrdo do meu corpo. Nóis fomo vítima diuma emboscada, Merry Kerry, diuma emboscada. Quano a genti saiu dôtel cuns prisionero, eles já tava esperano nóis. A genti num sabia qui era uma emboscada, mas era uma emboscada! Aqueles somali? e o podê di fogo superiô? Par'cia qui eles brotava do chão e as dazárvori e chovia merrda, desculpe, Merry Kerry, de todo lado.

Olhando, naquele momento, para o monitor que transmitia a imagem de Mary Cary, Irv se espantou. A mais famosa apresentadora da América aparentava um ar de fragilidade. De boca aberta e olhos arregalados, estava assustada com o que via e ouvia.

– Eu num pudia mi mexê – continuou Ziggefoos. – Meu rosto tava mergulhado numa poça de sangue... num parava de jorrá sangue do meu braço... E cê sabe quem veio tentá mi salvá? Foi o Jimmy, aqui... Esse Jimmy, aqui...

Irv podia ver, nos monitores, Jimmy Lowe e Flory piscando furiosamente.

– ... Ele vinha correno na minha direção pra mi pegá e aí... Pah, Pah...! Duas bala de AK-47... Uma entrô no ombro dele e saiu pelas costa, a outra travessô a coxa isquerrda... E nóis ficamo lá, perrtinho um do outro, sangrano qui nem dois porrco no matadoro, com as bala da AK-47 zumbino por cima da gente... qui nem belha, belha do inferno. E cê qué sabê cumé qui a genti saiu dessa, Merry Kerry? Qué sabê?

– Eu acho que... – começou Mary Cary – e não...

Mas Ziggefoos foi em frente, os olhinhos apertados, fulminantes:

– Pois eu vô ti dizê, Merry Kerry... Tá veno esse tampinha qui? – perguntou Ziggefoos, colocando o braço em volta do pescoço de Flory e dando uns tapas em seu peito.

Irv podia ver Flory piscando mais que nunca, no monitor.

– ... Esse sujeitim qui, qui na verdade é feito de aço e titâno, foi que salvô eu mais Jimmy. Quano o Flory viu a gente firido lá no chão, correu pronde a gente tava... veio pulano, correno, se agachano, tentano escapá do fogo cruzado... depois pegô nóis dois, eu e o Jimmy, pelas bota... nóis dois... pelas bota... Inquanto ia rastano a genti prum lugar siguro, ele foi tingido puristilhaços de granada no braço e no pescoço... no pescoço! E mermo assim continuou rastano eu mais Jimmy. Uns segundim dispois levum tiro que rebenta duas costela dele! Mas cê pensa quele deixô a genti? Jeito manera! Levou a gente até ozoutro. Dispois cê pergunta sia gente já participô de combate, Merry Kerry? Pelamô de Deus...!

– O que na verdade eu quero saber é se...

Mas não seriam meras palavras que iriam parar o bélico Ziggy Ziggefoos agora.

– Cê sabe quanto tempo durô aquela emboscada, Merry Kerry? Cê sabe quanto tempo a gente teve di ficá lá dentro daquele maldito ôtel, até resgatá todo mundo? A gente ficô lá umas catorze hora... E isso sem médico, sem morfina, sem nada... Umoutra unidade qui vinha ajudá, umunidade de reação militá rápida, acabô também emboscada num ôtro lado de Mogadício, purum ôtro grupo de milícia... Aquela foi a noite mais cumprida da minha vida, foi mermo... Os miseravi num paravo de atirá e de jogá granada... Cê antes falô dessi pessoar da ONU, né? Sabe pra qui eles serve? Pra coisa ninhuma... Lá perto dôtel, tinha um pessoar do Paquistão e da Malásia com uns blindado leve que pudia nos ajudá bem... Pergunta si eles viero? O comandante deles disse que era muito riscado ir no ôtel di noite... Foi priciso um oficial mericano iá té lá na madrugada, botá uma Magnum na cabeça do fia da puta e obrigá ele a mandá os blindado nos ajudá... Bando di fia da puta... Disculpa aí carqué coisa, Merry Kerry...

— Tá bem... Vamos supor, para efeito de argumentação, que realmente você tenha...

As palavras não interromperam Ziggefoos, que continuou paralisando-a e à câmera e até ao monitor no compartimento secreto com o faiscar de seus olhos:

— Continuano o queu tava ti dizeno, Merry Kerry... A gente era cuarenta na nossunidade antes da emboscada... no final, tinha vintioito homi firido e sete de nóis *morto*, um deles ficô in pedacinho dispois que jogaro uma granada nele. Os outro num tivero a sorte di tê um Jimmy Lowe ou um Flory por perto... um companhero nosso foi capturado firido... Cê credita quecis animar somali tiraro a rôpa dele, amarraro ele num carro e rastaro ele pela cidade intera, inté ele morrê? Eles devi di tê adorado... Devi di tê rido qui nem umas hiena raivosa... Devi di tê tido prazê di ter matado um soldado do Exérço dos Estados Unidos... E depois di eu tê passado por tudo isso, cê fica aí toda cheia de nove hora mi perguntano si eu já participei de combate de verdade, cum fogo inimigo... Cum todo respeito, Merry Kerry, cê besta e tá querendo mi sacaniar...

— Belo desabafo e exaltação ao espírito militar — disse Mary Cary, sarcástica. O insulto insuflou-lhe raiva, fez voltar a língua afiada. O coração de Irv acelerou, ao vê-la nos monitores. — Mas eu gostaria de saber qual a relação de tudo isso com o covarde e brutal assassinato do soldado Randy Valentine? — perguntou Mary Cary.

— Tá legal... Era aí mermo queu tava quereno chegá... Fazê parte dumunidade, duma divisão, dum pelotão, significa sabê o que é sê homi, significa sabê como se comportá comum verdadero homi. E é isso o qui si ouve o tempo todo no Exérço: "Iça qui é um lugá pra homi... um homi num foge... um homi risca sua vida pelo coletivo, pela sua unidade." É claro queu credito qui um soldado teja se riscano, também, pro seu país, pra sua bandeira, pro seu povo, pra família, e essas coisa é tudo muito boa e bonita... Só qui quano sistá numa batalha, no sufoco, o verdadero soldado vai tá lutano mermo pelo seu grupo, pelo seu pelotão, pela sua unidade. Ele precisa sê homi. É o qui ti pede: "seja homi." Ninguém lá dentro ti pede: "seja um cara legal" ou "seja uma boa mulé". Uma mulé num vai nunca pudê entrá numa unidade de combate do Exérço. Cê sabe pur quê? Purque a única coisa qui a unidade vai pedir diocê é: "seja homi." A merma coisa cum os omossexual, zatamente a merma coisa... Ninguém no Exérço vai falar prêle: "Olhaqui, seja mais ou menos homi", ou então "seja homi de vez em quano", ou "seja homi em algum ispectos"... Isso num vai contecê... Cê podi até chamá de preconceito si quisé, e podi até sê, mas isso num muda a realidade das coisa. E todos cês da TV devi di dizê pro seu púbrico qui o país devi tratá muito bem de caras como o Jimmy Lowe e o Flory. Sabe purquê? Purque quando a América entrá numa guerra, tivé di tê dificurdade – e sempre vai tê – vai precisá di arguém pra enfrentá umas porrada, ela vai precisá desses arguém qui é os Jimmy Lowes e os Florys da vida...

Mesmo antes de analisar um pouco mais profundamente o que tinha ouvido até então, Irv captou sinais de alerta. Esse garoto era mais do que um simples soldado *skinhead*. Ele parecia um personagem de um daqueles romances rurais dos anos 30 e 40. Ziggefoos era um representante legítimo da América branca, protestante e rural. Era um primitivo, um caipira, um *skinhead*, é verdade. Mas, ao mesmo tempo, tinha eloqüência e sinceridade. Imagine só: um eloqüente, sincero e jovem soldado americano, vindo do interior rural dos Estados Unidos, que arriscou sua vida e foi ferido em combate nas ruas imundas de um país africano. Há muito tempo Irv não via um jovem americano ter tanta intimidade com a sua língua, como esse soldado. Não se tratava de pronunciar as palavras corretamente ou ter ou não um sotaque regional, era saber utilizar a língua em seu proveito. Não seria nada bom quando aparecesse em rede... Poderia, facilmente, transmitir uma imagem convincente e positiva de si mesmo para uma boa parte do público... Ele não piscava os olhos nervosamente como Jimmy Lowe e Flory. Em momento algum se mostrou histérico ou defensivo ou evasivo. E sempre fixava no olho de Mary Cary quando falava as coisas. O garoto era bom, muito bom. E isso não podia ficar assim. Irv tinha que fazer alguma coisa na edição das fitas...

Aparentemente, Mary Cary estava pressentindo a mesma coisa...

– Tudo bem, você expôs sua lógica da vida militar... Mas você acha que surrar um soldado gay até a morte é uma forma de "ser homem"?

– Não, jeito manera... Nunca eu ou ninguém queu conheço vai achá que fazê isso é uma forma de "sê homi"... e a gente também num pricisa di ocês pra dizê isso pra nóis. Eu sei qui cês são inteligente, culto, lido, educado. Todo mundo qui a gente vê na TV é do mermo jeito... todos cês sabe das coisa. Mas eu quiria muito sabê como é qui cês vive a vida di ocês. Quantos amigo mossexual cês têm? Quantos gostaria di vê seus filho virá mossexual? Quantos di ocês qué trabalhá com um mossexual do lado? Cês tudo qué impô pro Exérço, pras unidade di combate esse papo di direita dusguei, igualdade pra mossexual, mermo sabeno que isso podi amiaçá nossa integridade e nossa segurança... Mas tudo bem, num é isso? Desdi qui o conforto e a paz das vidinha di ocês teja garantido, tudo bem...

Mas que filho da puta! Ele estava virando tudo pelo avesso! Se por um lado ele estropiava a língua, por outro conseguia armar um ataque e, agora, eram os membros de elite da mídia os acusados de manipulação, hipocrisia, má fé e onipotência! É claro que os argumentos eram absurdos e repletos de clichês, mas ele estava conseguindo se impor.

– Você só está esquecendo de uma coisa. Ninguém que trabalha em televisão, ninguém que eu conheça, sai por aí matando seus colegas simplesmente porque discorda de suas preferências sexuais – argumentou Mary Cary.

Depois de toda a pressão do soldado, esse argumento, apesar de ser um tanto pueril, não deixava de ser um contra-ataque. A cabeça de Irv tinha que funcionar rápido. Todo aquele discurso do *skinhead* contra a mídia tinha que ser cortado na edição, não havia dúvida sobre isso. Boa parte daquela história sobre as unidades de combate também não podia ir ao ar... Isso para não falar no episódio do Domingo Sangrento na Somália... Deus do Céu... De jeito nenhum! Ziggefoos transforma Jimmy Lowe e Flory, dois facínoras homofóbicos, em verdadeiros heróis de guerra, e com o sotaque para ajudar. É claro que não era possível cortar tudo, mas... Ahhhhhh! Ele teve uma bela idéia. Deixaria o filho da puta do Ziggefoos falando, em *off*, e usaria mais as imagens do Jimmy Lowe e do Flory. Todos ouviriam a voz de Ziggefoos mas veriam somente as caras idiotizadas dos outros dois, com suas bocas semi-abertas, expressões nervosas no rosto, além dos olhos que não paravam de piscar... olhos piscando... Nada mais devastador para a imagem de alguém do que aparecer na televisão piscando os olhos em desespero... Quase sempre, quando se vê alguém piscando em excesso na TV, tem-se a impressão de que a pessoa está admitindo sua culpa inescapável.

Além disso, Jimmy Lowe tinha cara de monstro. Se eu, Irv Durtscher, mantiver o rosto animal de Jimmy Lowe na tela, piscando, culpado, enquanto

Ziggefoos estiver falando, ninguém prestará atenção aos argumentos de Ziggefoos. Ele poderia usar as piscadelas culpadas de Flory, também. Flory parecia o tampinha de qualquer gangue, fazendo tudo que seu mestre mandar. Ah! Ele teve outra idéia. Cada vez que Ziggefoos usasse linguagem pesada, quando dissesse "utapariu" ou coisa parecida, ele biparia. Isso faria com que a linguagem parecesse pior do que era na realidade. Oh, ele conseguiria ajeitar o destampatório do garoto, ele e suas teorias de Ferdinando e Brejo Seco, sobre a unidade, a vida e a morte. *Vidimorte – içoaaaaíii!*

– Tarvez não – disse Ziggefoos. – Tarvez cês num saia puraí matano uns aos ôtro, mas faz coisa paricida. Cês sai dissiminano, de tudo qui é jeito, um monte de coisa sobre mossexual, sobre estilo di vida guei, sobre direita dusguei... Cês chega até a divulgá coisa qui cês mesmo nem credita... nem a maioria das pessoa credita... Tem muita genti em tudo qui é lugá qui num gosta di ouvi e vê essas coisa e acaba ficano inda cum mais raiva dos mossexual. O queu tô dizeno é qui os mossexual acabo saino prejudicado cum toda essa mania de exaltá os guei. A genti nunca vai podê aceitá a presença di mossexual nas unidade di combate, mesmo quiocês e os movimento guei diga qui ele tem esse direito...

– Está certo... Vamos supor, para efeito de discussão, que você tenha razão. Você quer me dizer, então, que os meios de comunicação são a razão de vocês três terem agredido o Randy Valentine?

– Eu num disse nada disso...

– Mas vocês disseram... Vocês mesmos admitiram isso no vídeo, não está lembrado? O Jimmy contou detalhadamente como começou a agressão. Jimmy arrombou a porta, a porta caiu em cima do Randy, que começou a apanhar do Jimmy... Não foi assim?

Grande Mary Cary! Ela estava agora levando a conversa de volta à confissão em vídeo.

– Cê intendeu tudo errado... Num é nada disso – gritou Jimmy Lowe, se levantando e dando as costas para Mary Cary, como se desejasse ignorá-la.

– Içaí! Cê num intendeu nada – disse Flory, fazendo o mesmo.

– Como é que eu posso não ter entendido? Eu ouvi cada palavra sair da boca de vocês três.

– Ocêis armaru tudo... Cês confundiro a genti – disse Jimmy Lowe.

Uma verdadeira maravilha! Ele disse isso de costas para Mary Cary! Perdeu até a coragem de encará-la! Nada pior para um acusado do que evitar o olhar de seu acusador, é quase uma declaração de culpa. Esplêndido! As palavras saíram fracas e exauridas de sua boca. Foi quase um lamento. Para efeito de impacto no público, aquela imagem funcionaria tão bem como uma confissão, pois o telespectador conhecia o código.

Até mesmo Ziggefoos tinha levantado e virado as costas para Mary Cary. Os três estavam mais próximos da porta de saída do VL.

Ziggefoos virou-se mais uma vez para Mary Cary e disse:

– Si ocê tá pensano qui a genti vai sentá cum ocê e falá na porra do teu pograma, cê tá completamente inganada, tendeu?

A princípio, Irv não entendeu muito bem o que Ziggefoos queria dizer com aquilo. Só depois de alguns segundos ele compreendeu: os três *skinheads* não sabiam que tinham sido filmados. Não sabiam que, desde que entraram no VL, quatro câmeras camufladas registravam todos os movimentos de cada um deles. Eles pensavam que aquilo era uma espécie de pré-entrevista. Eles tinham sido vítimas de uma emboscada e não sabiam!

Era maravilhoso! Tudo estava saindo melhor do que Irv esperava.

– Eu gostaria que vocês tivessem a oportunidade de se explicar no programa – disse Mary Cary.

Jimmy Lowe, que já estava com a mão na maçaneta da porta, deu meia-volta e disse, em tom irritado:

– Eu quiria é tê a portunidadi di mi explicá com aquela vagabunda que trôxe a gente pra cá. Eu quiria muito sabê onde é qui foi qui ela si meteu. E eu também num sabia qui ocês pagava masputa pra fazê o trabalho sujo di ocês...

Masputa? Mesmo com a prática adquirida no patuá dos rapazes, Irv levou um tempo pra entender que ele queria dizer que eles contratavam putas. Ele adoraria usar esta frase com referência a Lola, embora fosse próxima demais da verdade, só porque Jimmy Lowe soara tão sinistro ao pronunciá-la.

E se Jimmy Lowe decidisse agora partir para a violência? Será que ele ia querer agredir Mary Cary? Ou Irv Durtscher? Será que Irv fora longe demais ao usar uma profissional da noite *topless* como isca para fisgar os três caipiras para assistir à fita que os incriminava? Nada que um bom trabalho de edição não pudesse resolver. Será que Gordon, Roy e Ferretti seriam capazes de conter os três soldados se eles resolvessem se vingar?

Afinal de contas eles eram Rangers, soldados de uma das forças de elite do Exército. Irv encolheu-se na sua cadeira, dentro do compartimento secreto, com o headphone na cabeça e monitores à sua volta. Sua mente ia e vinha desse mundo iluminado por essa luz catódica. Irv Durtscher, em sua cruzada contra o fascismo e a intolerância na América... Irv Durtscher, possuidor de uma única e arriscada pele, que jamais pensara em oferecer à sanha dos Lordes da Testosterona, tal como ele os enxergava nas telas.

Para seu grande alívio viu, pelos monitores, que os três garotos tinham, finalmente, saído do minitrailer. Ferretti fechou e trancou a porta do VL. Virou-se para Mary Cary e lançou-lhe um sorriso silencioso. Viu, então, Mary Cary suspirar pesadamente e sacudir a cabeça, como quem estivesse muito desapontada. Ouviu Ferretti, sorrindo e mastigando as palavras: "Si ocê tá pensano qui a genti vai sentá cum ocê e falá na porra do teu pograma..."

Irv permanecia no compartimento com o headphone na cabeça, olhando para os monitores. *E se eles de repente voltassem? E entrassem com estrondo no VL?*

De repente, viu Mary Cary se levantar e se dirigir à divisória. Mais do que rápido, se livrou do headphone e se levantou para recebê-la. *Não podia deixar...*

Ela estava diante dele, ofegante, olhos faiscando. Parecia furiosa:

– Mary Cary... – recebeu-a. – Você estava fabulosa...

– Ah, corta essa, Irv. Eu estraguei tudo. Eu deixei eles escaparem... E no começo eles estavam nas minhas mãos. Eles estavam fazendo direitinho o que a gente queria... Eles estavam se defendendo! Estavam ficando irritados!

Irv olhava incrédulo para a apresentadora loura. Ele não podia acreditar no que estava ouvindo.

– Do que você está falando? Não sei por que está tão aborrecida. Deu tudo certo. A gente conseguiu tudo o que queria.

– Isso não é verdade, Irv...

– E foi bom ter acabado logo. O grandalhão, Jimmy Lowe, estava começando a ficar nervoso. Eu estava com medo de que alguma coisa, fora de controle, pudesse acontecer.

– Pelo Amor de Deus, Irv... esses garotos não sabiam se chupavam cana ou assobiavam...

– Mesmo assim... – Irv interrompeu a frase e estudou o rosto de louraça de Mary Cary. Ela estava genuinamente aborrecida. Ela realmente queria continuar a espremê-los.

– Eu entendo perfeitamente – ele proferiu, por fim. – Mas não se preocupe. Você esteve ótima.

Na verdade, ele não tinha entendido. Nem conseguia imaginar a coisa toda. Seu esconderijo, a carapaça que continha Irv Durtscher, o Rousseau do Raio Catódico, estava lhe soprando: Graças a Deus que tudo terminou. Ou será que não? Melhor ficar alerta, caso eles voltem. Vamos embora com este veículo! Sair dali – daquele inferno, do Bragg Boulevard... E voltar para a civilização... Voltar para Nova York!

QUARTA PARTE

Culpado!
Culpado!
Culpado!

Bem, não havia dúvidas de que isso era Nova York. Walter O. Snackerman, o presidente da rede e predador corporativo-mor, vivia em um desses apartamentos de três andares da Quinta Avenida, na quadra dos números 60; um desses apartamentos que você não acreditaria que existisse a menos que estivesse entrando nele como Irv estava fazendo agora. O prédio, que tinha 12 andares, fora construído em 1916 para competir com as mansões que se alinhavam na Quinta, de maneira que cada apartamento fosse, na realidade, uma versão compacta de uma ostentatória mansão com uma galeria de entrada, escadas em espiral, quartos amplos, vista para o Central Park, paredes grossas e uma legião de porteiros, carregadores e ascensoristas vestidos como chefes da guarda de uma opereta de Gilbert e Sullivan.

A biblioteca, onde o grande Snackerman agora reunia seus convidados, tinha o dobro do tamanho da sala de estar de Irv ou pelo menos de sua atual sala de estar, agora que tinha que sustentar ao mesmo tempo o apartamento de sua ex-mulher Laurie e o seu próprio. Este cômodo, esta biblioteca, tinha mais divãs de couro, espreguiçadeiras de couro, *bergères* legítimas e *fauteils* do que toda a mobília de Irv reunida, em todos os seus quartos. Os bambambãs reunidos acomodaram seus traseiros eminentes nos ninhos formados pelos elegantes estofados, com, é claro, Mary Cary – *Merry Kerry Brouken Berrah* – sentada à direita de Snackerman, o Onipotente. Um projetor de teto lançava as luzes de *Dia & Noite* numa tela de tevê Sony de 103 polegadas, que havia se desenrolado com um zumbido suave e sonoro de uma abertura no teto alguns minutos antes.

Irv, vestindo um blazer azul desestruturado, com uma camisa social e uma gravata conhecida como Pizza Grenade, que parecia ser o resultado da explosão de uma pizza de pimentões e azeitonas bem em cima da camisa, estava sentado do lado de cá, na lateral, do lado direito de Cale Bigger. Numa disposição normal de lugares na rede, este poderia ter sido considerado um lugar de destaque. Mas, nesta noite, o poderoso Cale não passava de talento de aluguel, mero chefe-executivo da divisão de Telejornalismo e sobretudo um desavergonhado e tagarela puxa-saco do mandachuva. Quase todos os lugares estavam ocupados pelos companheiros titânicos de Snackerman, nomões como Martin Adder, o sócio principal da firma de advocacia Crotalus, Adder, Cobran & Krate; Robin Swarm, o comediante e ator de cinema; Rusty Mumford, o anão de 41 anos, esquisitão, *nerd* e fundador bilionário da 4 IntegerNet; e o bobalhão do senador Marsh McInnes; todos acompanhados de suas respectivas mulheres. O marido de Mary Cary, Hugh Siebert, o cirurgião-oftalmologista, estava sentado ao lado da mais-que-madura segunda mulher do senador. O bondoso dr. Siebert era uma nulidade de rosto comprido e maxilares largos. Alto e bonito de uma certa maneira, na opinião de Irv, com uma cabeleira cinza cor-de-aço, que ele provavelmente passava umas duas horas todas as manhãs escovando *daquele exato jeito*; mas uma nulidade, um zero bem grandão, apesar disso tudo. Ao jantar – preparado e servido pelo *staff* de cinco empregados do próprio Snackerman –, Siebert havia se sentado entre a atual Sra. Martin Adder e a jovem na-casa-dos-vinte, namorada-companheira de Robin Swarm, Jennifer Love-Robin, se é que era este mesmo seu nome. Ele não havia esboçado palavra. Com que nulidade, que insignificância, que criatura dispensável Mary Cary havia se casado... que esnobe... Por que um pedaço de pau como aquele queria viver numa cidade elétrica como Nova York?

Na verdade, Irv se perguntava se teria sido sequer convidado caso seu nome não tivesse sido mencionado tantas vezes nas emissões de rádio e jornais, nas últimas 36 horas; não tanto quanto o de Mary Cary, *naturellement*, mas bastante. Os caras da RP da emissora haviam começado a bombardear exibições de trechos das fitas para a imprensa desde o dia anterior, sem falar das transcrições, e o promotor público do distrito ocidental da Carolina do Norte e o promotor-geral estadual da Carolina do Norte e o juiz-advogado do Exército Americano e o delegado de Cumberland, onde geograficamente se instalava o DMZ, ficaram divididos diante do fato de que o *Dia & Noite* – na figura de Irv Durtscher, o produtor – havia violado as leis de todas as jurisdições concebíveis ao grampear o DMZ com câmeras e microfones, e do fato de eles terem pegado três criminosos sem perdão num caso sensacional.

Snackerman organizou este jantar e a *première* televisiva num impulso. A história do furo do *Dia & Noite* esteve em todos os programas de notícias de todas as emissoras. Era importante demais para os concorrentes ignorarem. Deu na primeira página do *New York Times* desta manhã. Oh, que voga, que onda gigantesca e encapelada de publicidade! *Dia & Noite* agora iluminava as telas de televisão de não apenas 50 milhões, mas provavelmente 100 milhões de almas, incluindo a do tubarão Walter O. Snackerman e seus amigos bambambãs.

Na supertela Sony de Snackerman estava Mary Cary, em seu blazer de cashmere azul Tiffany e uma blusa de gola rulê creme, que encobria as rugas de seu pescoço, sentada por trás de uma escrivaninha futurista, recitando os dados essenciais da questão:

– Por três meses o Exército americano insistiu em negar qualquer ligação entre o seu contingente e o brutal espancamento de Randy Valentine, um jovem soldado com uma notável folha de serviços, membro da elite de soldados de choque do Exército – que era, por acaso, gay. Nós encontramos mais do que uma *ligação*. Dando simplesmente ouvidos às fofocas entre os alistados, localizamos três dos colegas de Randy Valentine em Forte Bragg – e vocês os verão e ouvirão agora, diante de nossas câmeras escondidas, descrever em pungentes detalhes como cometeram esse assassinato sem sentido – e o *porquê*: pelo motivo prosaico de que a opção sexual de Randy Valentine era... *diferente*... da deles.

Por alguns segundos, na tela, o rosto confiável de louraça de Mary Cary pareceu estremecer de emoção. Seus lábios carnudos se separaram, ela aspirou uma golfada brusca de ar e aproximou-se da câmera, olhos azuis faiscando.

– Estamos tentando evitar a avaliação pessoal, mas creio que nenhum de nós no *Dia & Noite*, e muito menos eu, jamais tenha visto tão de frente... ou sido... obrigado a engolir... um assassinato tão gratuito.

Oh, era pura dinamite. Irv olhou de soslaio para Snackerman e percebeu a expressão ligeiramente aturdida no rosto enrugado do magnata, revelada pela luz suave do quarto e o brilho da tela da tevê, por baixo de seu capacete de cabelo cortado rente. Ele estava se debruçando na direção de Mary Cary, e tentava olhar direto para seu rosto, mas ela continuou olhando para a tela, relutante em sacrificar um milissegundo que fosse da infusão de ego de Merry Kerry Brouken Berrah. Seu cabelo louro estava inflado numa provocação penteada para trás. Ela estava vestindo um tailleur vermelho, tradicional e com ar de caro, provavelmente Chanel (Irv não conhecia o nome de nenhum estilista mais recente), mas com uma blusa de seda cremosa aberta até embaixo o suficiente para oferecer uma mostra dos exuberantes seios Brockenborough e uma saia de bainha alta o suficiente para deixar um bocado de pernas Brockenborough à mostra, embaladas em meias brilhosas, escuras, mas transparentes, e que ficavam na altura do rosto de Sua Majestade Gananciosíssima a cada vez que ela as cruzava e descruzava.

Na tela, o pano de fundo para sua exuberante presença era um painel feito para parecer uma revista gigantesca aberta numa matéria de capa, com uma foto na página do lado esquerdo – os três *skinheads* bestiais e sorridentes, Jimmy Lowe, Ziggy e Flory da tropa dos Rangers –, e o que pareciam igualmente letras de revista, do lado direito, surgindo no canto, próximo ao final da tela: *por Irv Durtscher*, *produtor executivo*, e, debaixo disso, em letras um pouco menores: *Anthony Ferretti, produtor*. Naturalmente, ninguém em todos os EUA – ninguém, a não ser Irv Durtscher e Anthony Ferretti – e, menos que todos, Walter O. Snackerman perceberia tais nomes, e Merry Kerry Brouken Berrah não diria a Snackerman, ou a quem quer que fosse, que cada palavra que ela acabara de pronunciar e a urgência em sua voz *e* o brilho indignado de seus olhos azuis, tudo fora roteirizado para ela por Irv Durtscher.

Agora há uma panorâmica de Forte Bragg, e logo alguns planos médios de prédios, campos de treinamento, raias de obstáculos, quartéis e dúzias de soldados de licença em Cross Creek Mall, enquanto a voz de Mary Cary, em *off*, explica que Forte Bragg é o comando central das tropas de elite do Exército, das Forças Especiais de Operações, das tropas de choque, do melhor do Exército, em suma – e que, dentre elas, um dos *melhores entre os melhores* era um jovem chamado Randy Valentine.

Então surgem fotos posadas, o tipo de fotografias que encontramos em álbuns de família, fotos do Patriota Modelo após seu alistamento e do sorridente Filho Modelo Randy Valentine com seus pais em

Massilon, Ohio, e o sorridente Aluno Modelo Randy Valentine no livro do ano de seu ginásio e duas fotos do Soldado Modelo Randy Valentine em Forte Bragg. Exatamente o porquê de ele ser o *melhor* entre os melhores não é explicado, uma vez que Ferretti, apesar de pesquisas exaustivas, não conseguiu muito material a este respeito. Mas o efeito desejado é obtido, ainda assim.

Subitamente, o impacto: o rosto jovem, belo e sorridente de Randy Valentine é substituído por um close-up de seu rosto, tal como aparece na foto do necrotério, um rosto espancado, cortado, inchado e deformado numa das faces ao ponto de não mais parecer o rosto de um ser humano. Então surge a foto feita pelo oficial de polícia da delegacia de Cumberland, mostrando o corpo de um homem jovem esparramado numa poça de sangue num banheiro de homens de uma espelunca do Bragg Boulevard, tal como foi encontrado – é a voz de Mary Cary que explica – na malfadada noite.

E, logo em seguida, vem o rosto pétreo do general Huddlestone piscando com nervosismo (isto é, insinceridade) enquanto nega qualquer conhecimento de envolvimento de seus homens no caso, apesar de exaustivas investigações, blá, blá, blá.

Agora é o momento de se ver o quarteirão espalhafatoso do Bragg Boulevard, enquanto Mary Cary explica como "nós" logo descobrimos que era voz corrente em Forte Bragg que uns "certos" três soldados haviam espancado Randy Valentine até transformá-lo em polpa numa baiúca do Bragg Boulevard devido a um ataque de raiva bêbada, pelo fato de ele ser gay. Acontece que o tal trio normalmente freqüentava uma biboca diferente, um bar *topless* chamado DMZ. E agora vemos a trêmula luz de neon do anúncio do DMZ piscando na noite, e estamos dentro da espelunca, observando algumas *strippers* entediadas sacudindo tetinhas e rabos no tablado do bar do DMZ.

Podemos ver um homem quarentão e barrigudo, quase sem cabelo no cocuruto da cabeça, mas com um rabo-de-cavalo grisalho apontando na base. Nós o vemos, embora não o possamos ouvir, conversando com uma figura cujas costas largas, recobertas por uma jaqueta do Charlotte Hornets Starter, estão viradas para a câmera. Também podemos observar a cinta de plástico de seu boné John Deere Backhoe, com fecho do tipo ponta-de-seio-no-buraco. A voz de Mary Cary em *off* diz:

– Fizemos um acordo com o sr. Dino Mazzoli, o dono do DMZ, para alugar seu clube durante um mês. O sr. Mazzoli continuaria operando seu estabelecimento normalmente, recebendo cada níquel devido. Tudo o que lhe pedimos foi que, em troca, nos desse acesso livre ao lugar para que pudéssemos fazer um documentário sobre "a vida em Forte Bragg".

De repente, o lugar está vazio exceto por dois homenzarrões em camisas pólo e jeans – Gordon e Roy – cujos rostos estão virados de costas para a câmera. Gordon está ajoelhado num banco lateral de um reservado, fazendo algo com a pequena luminária de mesa, e Roy está de pé no banco em frente, fazendo algo com o candelabro numa coluna de estuque que lança luz avermelhada sobre o encosto do banco. Gordon está instalando um microfone, e Roy está instalando uma câmera com uma lente tão pequena que se você olhasse para ela teria a impressão de estar vendo apenas um ponto de purpurina dentro de uma caneta de mulher nua.

Durante todo esse tempo a voz de Mary Cary disse:

— Como somos agora os inquilinos legítimos do DMZ, seus proprietários para todos os efeitos, durante as próximas quatro semanas, decidimos instalar nossas câmeras escondidas e microfones, assim que o sr. Mazzoli e seus empregados foram para casa. Escolhemos em particular... este *reservado*... que sabíamos ser o favorito *de três jovens soldados*.

E agora uma câmera nos mostra três jovens de camiseta e cortes de cabelo militares sentados no reservado: dois deles de um lado da mesa, o outro do lado oposto.

— Esses três membros da tropa de choque de Randy Valentine...

Outras câmeras escondidas focalizam o trio, um rapaz de cada vez... e Mary Cary cita seus nomes completos num tom de Juízo Final que informa a 125, 135, 150 milhões de americanos (as expectativas de Irv estavam subindo a olhos vistos):

— Eles podem estar sorrindo agora, mas as engrenagens da punição para eles já estão rolando... James Lowe...Virgil Ziggefoos... Randall Flory... Os três são do mesmo município na fronteira da Flórida – disse Mary Cary, meio explicando seus sotaques romenos, que agora surgiam bem fortes, enquanto a mixagem era alterada, de forma que suas vozes sobressaíssem e a música *country metal* deslizasse para o fundo.

Então o rosto de Mary Cary aparece na tela, e ela diz:

– Passamos uma noite, duas noites, três noites, uma semana inteira – e ainda uma segunda semana – monitorando as conversas de Lowe, Ziggefoos e Flory sem ouvir nada que não fosse normal em se tratando de três jovens soldados que gostam de freqüentar bares e beber cerveja e paquerar *strippers*. Mas eis que, no terceiro dia da terceira semana, surgiu a oportunidade que esperávamos. Virgil Ziggefoos levantou a questão dos... *direitos gays*...

Agora estamos olhando diretamente para Ziggefoos no reservado, e ele acabou de pronunciar a frase com essas exatas palavras, "direita dusguei".

Ocorreu a Irv, sentado aqui no palácio compacto de Snackerman na Quinta Avenida, que a câmera e a luz captaram o rosto fino de Ziggefoos *à perfeição*. Ele parecia especialmente magro, cruel e ameaçador. O garoto era um Drácula caipira.

– Nunca ti dizim direitu cumé qui fôrum ficá assim dessi jeito. – Era o que esse *skinhead* matuto estava contando para 150 – ou seriam 175? – milhões de americanos. – Di repenti ocê vê uns *Bip* – Irv censurou o *fia da puta* para fazer com que soasse pior do que o próprio termo costumava soar... – cheio de pêlo na cara e buchecha assim – Ziggefoos esvazia as suas, para demonstrar, enquanto revira os olhos para cima – iguá a Jesus Cristo e falando di AIDS i di direita dusguei.

Outra câmera escondida focaliza sem criatividade Jimmy Lowe, seus músculos trabalhados e seu rosto brutalmente forte.

– *Bip* pariu – diz Jimmy Lowe.

E então Ziggefoos continua sua fala sobre "êssis pograma de televisão e otras *bip* que só vive falano estilo de vida guei? Mas cês podi vê, o másso queles vão mostrá é um casal de sapatão dançã ou coisassim". Irv eliminou a frase seguinte, aquela na qual Ziggefoos perguntava, "Cês já viro duas bicha dançã ou dano bejo na boca na televisão? Jeito manera... A televisão num vai nunca mostrá essas coisa..." Isso era próximo demais da verdade; ele cortou a frase.

Foi simples. Ele simplesmente cortou-a e a emendou com o áudio da câmera em que Jimmy Lowe dizia: "*Bip* pariu, Ziggy. Falô tudo". Nada demais. O espectador jamais perceberia a diferença.

Agora estamos olhando para Ziggefoos novamente, e ele está dizendo:

– Uma vêis, nas féria, meu velho alugô uns quarto nôtel perdo cais de Myrtle Beach, e bem do lado tinha uma pensão, um negócio dessi... e cedim lá pras cinco da matina, quano tava cumeçano manhecê eu mais mermão...

Nesse ponto a voz de Ziggefoos submergiu sob o som da música *country metal* no fundo, e a voz de Mary Cary emergiu. Podemos ver os lábios de Ziggefoos se movendo e suas mãos gesticulando, mas o que ouvimos é Mary Cary parafraseando a conversa – *muito* por alto:

– Virgil Ziggefoos prosseguiu descrevendo a seus companheiros como ele e seu irmão viram dois jovens gays se beijando no telhado de um prédio próximo.

Continuamos a ver os lábios de Ziggefoos se movendo, mas não conseguimos ouvir o que ele está dizendo a respeito do casal gay no telhado, "gimido e guinchu", nem como eles estavam "sisfregano qui nem uns bichu", nem como "par'cia qui tava cabano cua raça do ôtro". Em vez disso, ouvimos Mary Cary dizendo:

– Os dois meninos ficaram perplexos. Então...

Surge agora, novamente, a voz de Ziggefoos:

– A gente cabô chamano o pai. Assim quele espiô pra fora da janela, arregolô o zóio e falô: "Deus do Céu, Nosso Sinhô Jesus Cristo! São duas bicha semvergonha!"

Agora a voz de Ziggefoos volta a submergir no fundo musical e ouvimos a voz de Mary Cary, com seu tom estentóreo:

– Esta foi a primeira... vívida... e *inesquecível* lição de Virgil Ziggefoos... ministrada por seu próprio pai... a respeito dos *horrores*... e *abominações* – a voz de Mary Cary tinha uma entonação tão potentemente irônica que nem o mais tapado dos tapados brotos de alfafa de toda a América perderia a dica – do amor gay.

E agora a voz de Ziggefoos estava de volta, e podíamos ouvi-lo dizendo:

– O velho tava que num güentava de tanta raiva... Foi ficano tão tão infezado, mas tão pau da vida que, di repente, soltô um berro pela janela: "Oia aqui seus viado... Vô contá até deiz...! Socês num saí logo dessi telhado aí, é melhó cês ir aprendeno rapidim a voá porqueu vô pegá meu trabuco e enchê cês de bala, começano pelo *Bip*!"

Agora, através da outra câmera escondida, podemos ver Jimmy Lowe e Flory fazendo uma careta e concordando com a cabeça ante essa reação violenta à exibição pública da intimidade gay, e ouvimos a voz de Mary Cary em solene homilia:

– Assim a lição foi passada de uma geração para a outra, e foi esta a lição: não se deve *tolerar* o homossexualismo... Deve-se *exterminar* a vida gay, se for possível... Pode-se usar a *violência*, se for necessária... Lições como esta, ministradas num quarto de hotel, numa sombria madrugada de Myrtle Beach, Carolina do Norte, e, sem dúvida, em outros tantos lugares nos anos subseqüentes, orientaram esses garotos – e agora podemos ver os três jovens soldados *skinheads* sorrindo e bebendo cerveja – diretamente, como se fossem impelidos pelo Destino, até o momento em que eles... *chacinaram*... Randy Valentine porque ele *ousou*... demonstrar afeição gay na frente deles.

Enquanto observava a tela na esplêndida biblioteca de Snackerman, o coração de Irv se acelerou e sua disposição de espírito se elevou. O ponto crucial do show ia começar. A nação inteira estava prestes a ouvir as palavras incriminatórias de Jimmy Lowe, Ziggefoos e Flory. Ele olhou de relance Snackerman, Cale Bigger e Mary Cary. Seus rostos estavam iluminados pelo clarão da grande tela de televisão Sony. Este programa teria cotação superior a qualquer outro programa de jornalismo investigativo da década; talvez de todos os tempos. É claro que Snackerman, Cale Bigger e todo mundo que interessava na rede já havia visto um vídeo do programa. Mas até para eles, e certamente para Irv, não havia nada que se comparasse a assistir a um arrasa-quarteirão como este no momento em que *estava sendo transmitido*, nada comparável à *sensação* do tamborilar de dez entre os milhões de outros sistemas nervosos de pessoas por todo o país e até no Canadá, que estariam ressoando *neste exato momento*. Snackerman, o terrível, nem é preciso dizer, não se importava a mínima com justiça social, nem com martírio gay, ou com a maestria do *Dia & Noite* ou com todo o departamento de Telejornalismo, exceto que era por causa da existência do departamento de Telejornalismo que ele podia fazer o discurso sobre "O direito que as pessoas têm de saber", em convenções, conferências, encontros anuais etc. etc. etc. Afinal, o programa de maior audiência da emissora, um enlatado intitulado *Fumo na Mamãe*, não contribuía muito para emprestar ao grande homem dignidade e seriedade. Mas nem mesmo um cínico, predador e amante do dinheiro como Snackerman, este tubarão, esta máquina de engolir corporações, podia resistir aos batimentos comunitários, noológicos, taquicardíacos dos corações de milhões, vibrando até os ossos, quando se assistia a um triunfo como aquele enquanto *estava sendo transmitido*. Sim, mesmo ele, Snackerman, o Grande Tubarão Branco, poderia no dia seguinte, com entusiasmo genuíno, olhar nos olhos de outros espectadores de televisão americanos e perguntar: "Você assistiu ao *Dia & Noite*, na noite passada? e "Lembra-se daquela parte em que..." Oh, podia-se dizer o que quisesse a respeito de tevês a cabo e Internet e todas as outras coisas que supostamente iriam suplantar a rede de televisão, mas Irv sabia, mesmo se os outros não soubessem, que *a rede* tinha uma magia única, a magia do *batimento comunal de bilhões de ventrículos*... excitados ao ponto da taquicardia pelo brilhantismo dos grandes produtores desta nova forma de arte, os *Irv Durtschers*. É bem verdade que Sua Alteza Beatífica, Snackerman, estava adernando pesadamente para o lado de Mary Cary, pressupondo, com naturalidade, que toda essa consciência tribal magicamente junguiana havia sido criada por *ela*... Mas se o caso desembocasse nos tribunais, como Irv estava torcendo para que acontecesse, até Snackerman, o Careca Irracional, seria obrigado a enfrentar finalmente a realidade.

E agora, na tela, Jimmy Lowe chafurda no terrível *xis* do problema.

– Assim queu entrei lá dentro vi, por baixo da porrta de um reservado, um sujeito joelhado e ouvi usdois cara gemeno qui nem uns doido... – *Unnnnnnnh, unnnnnnh, unnnnh* – é craro queu sabia muito bem o quiqui tava rolano lá dentro. Quano fiquei bem na pontinha dos péis, proiá meió por cima da porrta, vi quiera um cara do meu própio regimento.

E agora a voz de Jimmy Lowe afogou-se na batida do *country metal* do DMZ, e a voz de Mary Cary elevou-se, e mais uma vez ela parafraseou, direitinho do jeito que Irv havia escrito:

– Agora era a vez de Jimmy Lowe testemunhar – escutando às escondidas – uma demonstração de afeto gay. Randy Valentine estava num compartimento fechado de um banheiro, beijando outro homem – ambos restritos àquele local pelas mais severas sanções militares aos gestos amorosos públicos entre pessoas do mesmo sexo.

Enquanto ela falava, podíamos ver os lábios de Jimmy Lowe movendo-se, mas não podíamos ouvi-lo descrever Randy Valentine de joelho engolim a vara que esticava dium buraco na divisória dos compartimento... Então a voz de Mary Cary sumiu, e a de Jimmy Lowe voltou a se elevar, dizendo:

– Fiquei mermo muito invocado e rombei aquela porta em dois tempo. Quebrei as dobradiça e tudo...

– Tu pegô ele de surpresa... O fia da puta num devi tê tendido nada... – diz Ziggefoos.

– A porta devi di tê caído bem em cima dele quano rombei – diz Jimmy Lowe. – O sacana tava meio tordoado, perto da parede, quano peguei ele...

O que Flory e Jimmy Lowe falaram em seguida constituiu-se num problema para Irv. Flory dissera, "E num deu mermo procê vê quem era o outro cara?" E Jimmy Lowe respondera: "Num vi nem sombra do sujeito. Quano cês dois entraro o cara já tinha rasgado. Devi di tê ouvido a gente e saído de lá ventano.

Uma *vara* apontando através de um buraco entre *dois* cubículos era uma idéia que Irv estava decidido a não permitir em sua concepção.

O truque das câmeras múltiplas fez com que ele ganhasse o dia. Irv trocou o ponto de vista da câmera de Jimmy para Flory, mas a tempo de pegar apenas as três últimas palavras da pergunta: "o outro cara?" – como se esta fosse uma pergunta retórica. Daí de volta para Jimmy Lowe: "rasgado saído rasgado."

Então Irv mudou a câmera de novo para Flory e pudemos ver e ouvir Flory dizer:

– ventano.

Agora o rosto de louraça de Mary Cary enchia a tela. Ela se debruçava sobre a escrivaninha de notícias futurista em Nova York, os cotovelos apoiados no tampo e os antebraços cruzados. A expressão de Sua

Solene Lourice passava a mensagem: "Q.E.D. *Quod erat demonstratum*. São essas as notícias, América."

Em seguida ela disse com a sinceridade que só uma artista de vídeo realmente talentosa conseguiria recriar:

– Como vocês acabaram de ver... em termos inequívocos, esses três jovens, esses três soldados do Exército dos Estados Unidos, esses três membros de uma tropa de elite, de choque, revelaram o motivo para o crime que cometeram: homofobia, pura e simples. Eles revelaram o fato de que sua matança começou com um ataque não-provocado. E revelaram o fato de que existe uma *testemunha* ainda não identificada para seu crime sem sentido... o jovem que estava com Randy Valentine quando o ataque teve início...

Mais uma vez Mary Cary olha fixo para a câmera sem proferir qualquer som. Mais uma eternidade parece escoar. Os olhos azuis faíscam como nunca faiscaram antes. Então, ela diz:

– Nós *imploramos* a esse jovem... *que apareça* para que saibamos quem é. Nós imploramos a quem quer que *conheça* sua identidade que apareça. Esse crime foi *monstruoso* demais... para que *alguém* permita que o preconceito da sociedade contra a vida gay ou as atuais leis e costumes militares com relação aos gays *abafem*... o brado por *justiça*... nesse caso.

Agora, sem mais nem menos, retornamos ao DMZ, com Jimmy Lowe, Ziggefoos e Flory, e eles estão sorrindo novamente e bebendo cerveja de novo e estalando a língua e lançando olhares cobiçosos enquanto caminham para o que o espectador deve adivinhar ser um bar e dançarinas *topless*, como se nada tivesse acontecido, como se não tivessem com o que se preocupar no mundo. A mesma velha música *country metal* está batucando e chapinhando ao longe. Podemos ouvir a voz de Mary Cary:

– James Lowe, Virgil Ziggefoos e Randall Flory foram claros ao descrever em suas próprias palavras, captadas pelos nossos microfones e câmeras, precisamente como ocorreu o assassinato de Randy Valentine. Mas aqui no *Dia & Noite* estávamos dispostos a fazê-los reagir... com suas próprias palavras... ao que vocês acabaram de ver. Não importa quão terrível a evidência, julgamos que era nossa obrigação deixá-los dar a sua versão. Mas tínhamos um problema. Percebemos que seria inútil tentarmos nos aproximar deles através dos canais normais do Exército. Como vocês puderam ver, o próprio general Huddlestone – e agora o rosto granítico do general Huddlestone aparecia na tela, lábios se movendo, mas só Mary Cary era audível – deixou claro que gostaria de dar por encerrado este caso de uma vez por todas. Não creio que usar o termo obstrução para este caso seja forte demais. Decidimos, então, por uma abordagem nada ortodoxa. Contratamos os serviços desta...

Súbito, vemos Lola.

– ...mulher. Seu nome profissional é Lola Thong, e ela é a estrela deste clube de *striptease* do Bragg Boulevard...

A câmera recua e vemos o prédio e o anúncio luminoso que o ultrapassa de muito, soletrando, sobre o fundo de um céu vazio, em letras enormes, em forma de bumerangue, recheadas com lampadazinhas não-mais-tão luminosas e delineadas com tubos de neon não-mais-tão acesos: KLUB KABOOM.

– ... a menos de dois quilômetros a oeste do DMZ.

Agora podemos ver um close de Lola, que parece estar a caminho do estacionamento do Klub Kaboom. À medida que ela anda, podemos apreciar seu adorável rosto americano-asiático, com grandes olhos negros, e vasta cabeleira de espessos cabelos negros e pernas longas e elegantes e, sobretudo, seu prodigioso busto, prestes a romper o discreto vestidinho vermelho que tenta contê-lo.

– Ela foi a pessoa que localizamos, em pouco tempo, cujo convite... para assistir a sua própria confissão em vídeo... os três soldados com certeza aceitariam. Naquela noite enviamos Lola Thong ao DMZ... para fazer a proposta ao trio. Conforme vocês verão, não foi uma proposta completamente inocente, mas nos pareceu que, nas circunstâncias, sua identificação falseada era mais do que justificada...

Na tela vemos, agora, Lola chegando ao reservado. Podemos apreciar a entabulação da conversa e o convite de Lola para se reunir a eles, e vemos os olhos dos soldados perscrutando cada centímetro do corpo dela que salta de seu vestidinho de festa. Então Lola esboça seu sorriso sugestivo e estelar, enquanto pergunta para eles:

– Cês gosta de vídiu?

– Qui tipo de vídio? – pergunta Jimmy Lowe.

– Uns vídiu diferente – responde Lola com um olhar fulminante e irresistível de estrela.

Nesse ponto Irv deixou rodar toda a conversa, porque ela captava à perfeição a abordagem de javali no cio dos três jovens e o busto empinado e fornido de

Lola, bem como a maneira com que ela piscava seus grandes olhos negros americano-asiáticos, cativando-os com a Insinuação de Todas as Insinuações.

E agora estavam todos deslizando para fora do reservado e se encaminhando para o que Lola havia mencionado a eles como "meu VL", lá fora, nos fundos do estacionamento do DMZ.

Subitamente, enquanto Irv se sentava todo esparramado numa *bergère* legítima na vasta biblioteca de Snackerman, seu coração começou a bater acelerado, como batera na noite em que soubera que os três jovens bandidos saíram do bar e se encaminhavam para a van e para a proximidade imediata de seu esconderijo mortal.

Agora dava para ver uma tomada a meia distância do High Mojave no estacionamento naquela noite.

– Na verdade – Mary Cary dizia em sua voz *off* –, o VL a que Lola se referia era esse High Mojave que havíamos alugado e preparado para a entrevista crucial que aconteceria agora.

De dentro da sala do VL podíamos ver a maçaneta da porta girar, e então a porta se abrir, e entrarem sons ásperos de tráfego e dedilhados sentidos de baixo elétrico vindos do Bragg Boulevard, e aí vem Lola, e estamos olhando bem de frente para seu vestido e peitos prodigiosos, e atrás dela entram Jimmy Lowe e Ziggefoos e Flory... com suas camisetas, músculos, jeans apertadinhos, suas cabeças raspadas...

Quando Lola enfia o videocassete no seu aparelho de vídeo, a voz de Mary Cary toma conta da situação:

– Lola prometera a James Lowe, Virgil Ziggefoos e Randall Flory "uns vídiu diferente" e foi o que ela se dispôs a mostrar a eles. A única coisa que ela não dissera é quão diferentes eles de fato seriam.

Agora dava para ver o trio e Lola, sentada na primeira cadeira reversível, olhando a tevê. O solo sexy de saxofone da música "Anyone Who Had a Heart" preenche a sala, e o vídeo estrelado por Lola Thong, num bosque com suas tetas prestes a explodir do vestido *belle époque*, surge nas telas das televisões de 175, 200, 250 milhões de americanos e, ocorreu a Irv, fez cumprir a promessa de Ferretti a sua graciosa *protégée* e ingênua americana-tailandesa: "Vamos mostrar Lola Thong para todos os EUA!" A voz de Mary Cary diz:

– Defrontamos os três soldados com suas próprias confissões, a partir dessa visão de Lola fantasiada... para termos certeza de que eles estariam atentos...

Vemos os três caipiras sentados no sofá e olhando para uma televisão, cuja tela tinha aquela falta de nitidez granulosa típica de quando tentamos filmar imagens de uma tevê. Irv cortara todo o show de *striptease* de Lola, e agora podíamos perceber, por mais borrada que estivesse a tela, que os assassinos de Randy Valentine estavam olhando precisamente a fita em que eles descreviam como haviam cometido seu hediondo crime, e Mary Cary dizia:

– Sentados naquele sofá, na van, eles assistiram *a tudo*... que vocês acabaram de ver.

As câmeras escondidas focalizam cada um dos três, e cada um deles pisca furiosamente. A boca de Jimmy Lowe está aberta; Ziggefoos dá pancadinhas na lateral da perna dele e diz:

– Sei não, Jimmy, num tô gostano dessa *Bip*.

E Jimmy Lowe volta-se na direção de Lola e diz:

– Óia qui, *Bip*, ocê vai me falá direitim qui *Bip* é essa toda qui tá rolano aqui, e vai falá agora...

E Lola não pára de repetir:

– Televison ínter-atíva, ínter-atíva.

E Jimmy Lowe reage:

– Interativa é o *Bip*... Eu fiz uma pergunta e tô quereno uma resposta.

E Lola responde:

– Non credita in mí? É televison ínter-atíva. Televison ínter-atíva, Jí-mí... Vô mostrá gora memo. Olha! Visita muito ispecial!

E de repente os três jovens delinqüentes estão piscando, pasmos e abobados com algo mais:

– Olá, Jimmy. Sou Mary Cary Brockenborough.
Sou Merry
Kerry
Brouken
Berrah.

Vemos os três jovens em choque de incredulidade ante a repentina aparição entre eles, na sala do VL nos fundos de um bar *topless* de quinta categoria no Bragg Boulevard, de um dos rostos femininos mais conhecidos de todos os EUA. Podemos vê-los de boca escancarada e olhos piscantes, piscadas que na linguagem não falada, mas universalmente conhecida da resenha de notícias da TV emboscada, gritam: "Culpados! Culpados! Culpados! Culpados!"

Então vemos os três, liderados por Ziggefoos, tentando transformar a emboscada numa piada. Começam por convidar Mary Cary para "Bora daí", vir juntar-se a eles no DMZ para "crepuscos de vodca". Ziggefoos é o cara mais frio, convencido, seguro, em todo o lance, e Irv preferiu, então, usar as câmeras treinadas em Jimmy Lowe e Flory, enquanto Ziggefoos falava. Ouvimos as palavras ousadas, debochadas de Ziggefoos, mas vemos os olhos piscantes de Jimmy Lowe e Flory passando a mensagem:

"Culpados! Culpados! Culpados! Culpados!" O efeito pretendido – Oh, eu Irv Durtscher! – era fazer com que a manobra esperta de Ziggefoos parecesse a mais vulgar, a mais cínica das diversões delinqüentes.

Mary Cary, no melhor de sua forma, revida as tentativas brutamontes de tentar entender o que está acontecendo e transformar o encontro numa excursão a um bordel, até que finalmente ela consegue desencorajar até mesmo Ziggefoos, e ele pára e diz:

– O qui ocê sabe a respeitu diçaí?

E Mary Cary responde:

– Sei apenas o que acabei de ouvir você dizendo – você e Jimmy e Flory – em suas próprias palavras. – E então, dirigindo-se a Jimmy Lowe: – Se não foi pela razão que você contou, por que *você* atacou Randy Valentine?

Piscando furiosamente, parecendo raivoso, culpado, Jimmy Lowe responde:

– A única coisa queu falei foi qui...

Ziggefoos o interrompe:

– Cala boca, Jimmy!

Então Irv mudou para a câmera focalizada no rosto de Jimmy Lowe. Aquele rosto, em silêncio culposo, era uma condenação! Com todas aquelas piscadas! *Culpado*! O brutamontes parecia tão culpado naquela tela como se tivesse feito uma confissão cabal. *Maestria*!

Ele permitira a intervenção de Ziggefoos:

– Ninhum de nóis tem guma coisa a vê cum Randy Valentine. Ninhum de nóis sabi qui porra conteceu cum ele.

Mas, em seguida, ele cortou para as câmeras focalizadas em Jimmy Lowe e Flory – e não apenas para capturar seus rostos assustados, fantasmais, piscantes, declarando, sem palavras: "Nós, *também*, sabemos o que aconteceu com Randy Valentine! Matamos uma bicha!" Não, para Irv havia sido igualmente importante cortar a frase seguinte de Ziggefoos, que fora:

– Mas posso ti dizê um troço.

Por que aquele "um troço" era o início do discurso de Ziggefoos a respeito do desconforto, e erro, erro fatal, de se admitir homossexuais numa unidade de combate. A princípio, o instinto de Irv foi deixá-lo seguir em frente e simplesmente continuar cortando para as caretas marcadas pela culpa de seus dois companheiros, Jimmy Lowe e Flory. Mas não deu certo. Não fazia diferença se o rosto de Ziggefoos estava enquadrado ou não, suas palavras revestiram-se do tom implacável – uma versão caipirizada desse tom, mas inequivocamente, o tom – de um Cotton Mather, um George Whitfield, um Dwight Moody, um Billy Sunday, até um verdadeiro Calvino. Ele tinha que se livrar especialmente da parte em que Ziggefoos dizia:

– E todos cês da TV devi di dizê pro seu púbrico qui o país devi tratá muito bem de caras como o Jimmy Lowe e o Flory. – Não havia jeito e maneira de Irv deixar isso ir ao ar.

Quanto a Ziggefoos e seu solilóquio – o solilóquio que Mary Cary, com todo seu talento performático, não teve coragem de interromper –, o solilóquio sobre a *verdade dos fatos* e a Somália e o Domingo Sangrento, foi pura dinamite, dinamite explodindo bem na cara do *Dia & Noite*. Durante o processo de edição, todo mundo da equipe que pôde pôr as mãos no vídeo quis ver o solilóquio de Ziggefoos sobre o Domingo Sangrento, mais de uma vez, supostamente por razões técnicas, mas obviamente por razões de emoção, e as pessoas se afastavam tão comovidas, de um jeito tão despropositado, que Irv ficou furioso e passou a trancar as fitas do Domingo Sangrento num local do qual só ele tinha o segredo e a chave.

Assim, ele o cortou, todo. Na tela, graças à mágica simples das múltiplas câmeras, a ação pula de Ziggefoos dizendo, "Ninhum di nóis sabe qui porra aconteceu cum ele", para um Jimmy Lowe derrotado, dizendo, "Cê intendeu tudo errado", e lançando um gesto cheio de debilidade culpada na direção do aparelho de tevê, levantando-se e virando-se de costas.

– Içaí – diz Flory, também se erguendo e batendo em retirada, pigmeuzinho envenenado de culpa que era –, cês num intendeu nada.

– Mas essas foram suas próprias palavras – retruca Mary Cary –, saídas de suas bocas.

– Ocês armaro tudo – diz Jimmy Lowe, agora na mais escancarada e acabrunhada retirada na direção da porta.

Ziggefoos se junta a Jimmy e Flory e ele também parece um cachorro que apanhou.

E agora, na tela, de volta a Nova York, está a grande vitoriosa, Mary Cary Brockenborough, em sua escrivaninha futurista, no comando central da rede. O olhar em seu rosto indica: a verdadeira personificação da Justiça Triunfante. Ela inicia sua peroração, que regravara – e Irv escrevera – naquele mesmo dia, mais cedo:

– Já recebemos, aqui no *Dia & Noite*, informações de inúmeras jurisdições legais, federais, estaduais, locais e militares, que, ao gravar o que vocês acabaram de ver, violamos leis que dizem respeito à interceptação de conversas privadas.

Ela fez uma pausa, e aqueles fabulosos olhos azuis faiscaram.

– Talvez tenhamos... talvez tenhamos... Embora tivéssemos informações diferentes de nosso próprio conselho jurídico, desde o início. No entanto, quaisquer que sejam as tecnicidades legais do assunto, sabemos bem – e achamos que a maioria dos cidadãos deste país sabe também – que obedecemos a uma lei muito mais importante e superior... e à mais vital dentre as tradições americanas, a tradição que valoriza, acima de tudo, a Correção... e a Justiça... não importa que legisladores e promotores públicos venham, ou o que tenham a dizer...

Promotores públicos!

Ele, Irv, havia escrito a coisa toda para sua Grande Loura porta-voz, mas subitamente – *promotores públicos!*

As implicações da palavra o atingiram, e uma terrível onda de medo subiu rolando seu sistema nervoso central, e seu coração começou a batucar num ritmo assustador.

O que foi que eu *fiz*? Cadeia! Eles vão me mandar para a cadeia – com prazer! Eles não *a* tocarão. Oh, não, não ela, não Merry Kerry Brouken Berrah! Eles me tratarão como um *contador*, como o contador que vai para a cadeia quando a Grande Celebridade burla seus impostos! Eles vão indiciar todos os videotapes! Vão ver o que fiz! Grampeei o DMZ – violei no mínimo quatro jurisdições – cinco anos em cada município – *o resto de minha provável vida profissional*! O vídeo pornô que concebi com Lola Thong – aquela prostitutazinha barata empurrando seus carnudos e vermelhos grandes lábios na cara da câmera – *emboscada!* – eles vão *me* pegar por isso! Todos os truques insidiosos que apliquei às fitas – eles os verão e revelarão! Os garotos gays em plena sodomia a noite inteira, sob a antena de televisão, no telhado da pensão – Randy Valentine de joelhos pagando um boquete num pau duro de um completo estranho apontando através de um buraco glorioso entre a divisão de dois reservados de um banheiro masculino de algum bar decaído do Bragg Boulevard – agora eles *saberão*, o *país* inteiro saberá, eu não apenas cortei tudo isso, como lipoaspirei a conversa dos três *skinheads* de modo que saísse como eu queria! *Skinheads* – mas nenhum promotor público os verá desta maneira! Eles vão querer a *minha* cabeça! Como tive coragem de tratar esses três jovens patriotas desta maneira! Eles lutaram pelo país no Domingo Sangrento na Somália – e eu cortei cada palavra a respeito *disso, também*! Eles se arriscaram a morrer para salvar seus companheiros, meninos americanos atingidos e sangrando pelas ruas de Mogadiscio – e o senhor, sr. Durtscher, sua jararaca, nem deixou que eles passassem sua mensagem, deixou? O senhor cortou a conversa dentro daquele VL até que ela soasse como um arremedo cruel e oblíquo do que realmente foi dito, não foi? Fatiou, depois fez uma plástica, costurou e atirou para 200 milhões de pares de olhos americanos seu pequeno Frankenstein, hein, sr. Durtscher? Outra bolinha de lama da mídia nova-iorquina, é o que você é, não é, sr. Durtscher? Nós o descartaremos – com *prazer*! – o Satã da TV emboscada! – o arrogante sr. Hyde que pensa que pode pisar na vida de outras pessoas, em gente que tem *colhões* para lutar por seu país, para que *você*, sr. Irv Hyde, possa aproveitar sua adorada liberdade de expressão com a letalidade venenosa de uma víbora ou uma cascavel ou uma naja! Vamos fazer de *você*, Irv, um exemplo de tudo aquilo que os americanos instintivamente odeiam na arrogância da mídia, e na perfídia reptiliana da tevê-emboscada! Sim, *você, Irv Durtscher* – sua cobrinha de sangue-frio, escorregadia, gosmenta – toda dentes e *sem colhões*!

Agora o coração de Irv passou de uma taquicardia para uma série de apavorantes palpitações, e ele escorregou na *bergère* – Estou tendo um ataque cardíaco! Eu...

Soou um bip. Irv esticou o pescoço para ver. Era o dr. Siebert, o marido de Mary Cary, sentando ali, do outro lado, próximo da mulher do senador Marsh. Ele extraiu um pequeno telefone celular do bolso de seu paletó. Podia-se ouvi-lo falando *sotto voce*.

Então o doutor ergueu-se e caminhou em rápidas passadas para onde Snackerman e Mary Cary estavam sentados. A imagem de Mary Cary ainda estava na tela. Ela estava chegando ao fim de sua eletrizante peroração – a peroração de Irv – sobre o fascismo residual nos EUA. Ainda assim, Hugh Siebert disse para Snackerman:

– Desculpe. Lamento.

E então debruçou-se por cima de Snackerman e disse:

– Desculpe, querida. Houve um acidente na Rodovia FDR. Uma garotinha de 11 anos teve dilaceramento da córnea com efusão de humor aquoso.

Então ele saiu disparado da sala. Este traste grande, de queixo quadrado, cabeleira branca e pompa e circunstância – literalmente saiu correndo da sala na direção do elevador. Todo mundo, Snackerman, Rusty Mumford, Martin Adder, cada um deles, mulheres, Jennifer Love-Robin – todos, à exceção de Mary Cary, todos afastaram seus olhos da tela de televisão Sony e pararam de ouvir a prosa de Irv, que brotava da boca de Sua Afetação – e observaram o cirurgião galopante. Uma emergência médica! Um bravo médico! Um salvador destemido!

Num tom irritado, Snackerman voltou-se para Mary Cary e perguntou:

– O que foi que ele disse?

Mary Cary nem por um momento desgrudou seus olhos de sua imagem na tela, enquanto explicava:

– Uma garotinha de onze anos teve seu olho praticamente cortado ao meio, e o recheio está pulando para fora.

Foi o suficiente. Irv sentou-se imediatamente, ereto. Seu coração continuava martelando, mas não mais de medo. Agora era a vez do ódio, límpido e antiquado, no ritmo normal do sangue. Aquele filho da puta! Ele e seu sussurro teatral de dr. Coragem! *Dilaceramento da córnea – seeeeeeeeeeeei*! Provavelmente bipou para ele mesmo e simulou o chamado! Um fracasso patético na mesa de jantar, incapaz de acompanhar, que dirá sustentar, qualquer conversação – e agora tenta roubar a cena bancando o herói de Plantão Médico, justo durante o clímax do triunfo de sua mulher – tal como foi orquestrado por mim, Irv Durtscher! Ora, seu *filho da puta* esculpido em gelo!

– ...o que sabemos que é, dentro de nossos corações: um toque de alvorada para toda a América.

Acabou. A última frase durtscherizada brotou dos lábios da deusa loura e azul-Tiffany na tela grande. Agora, o *fade-out*...

Agora todos se levantam. Snackerman e seus bambambãs reunidos. Todos se viram na direção de Mary Cary, e sorriem e aplaudem, oferecendo-lhe seus coraçõezinhos encolhidos nas mãos. A própria Mary Cary se ergue, modesta, sorriso tímido e nublado em seu famoso rosto, como se o assunto fosse sério demais para ela abrir aquele sorriso de cavalo de raça triunfante que ela obviamente adoraria exibir.

Snackerman a agarra pelos ombros e sorri para ela e a aperta, e o grupo recomeça a aplaudi-la. Até mesmo Cale Bigger, que sabia exatamente como esses programas eram feitos, estava lá, no atropelo, com Mary Cary e Snackerman, o Rei Sol, oferecendo a eles o melhor sorriso de lacaio-comedor-de-merda que ele podia oferecer. Irv percebeu que estava sozinho.

Uma *porra* que ele iria andar os subservientes centímetros que o levariam a participar da pilha humana do *après*-triunfo.

Neste exato momento, Cale se afastou da colméia farfalhante, sorridente, exultante e foi até Irv, esticou a mão para ele e disse:

– Belo trabalho, Irv! Belo trabalho!

Depois sorriu, baixou seu olhar e sacudiu sua cabeça rubicunda daquela maneira, gente-não-é-demais? e ergueu os olhos para Irv e comentou:

– Meu Deus. Aquela garota tem *colhões*, não tem?

O AUTOR

Romancista e crítico da sociedade americana, Tom Wolfe é também conhecido como o criador do "New Journalism", ou seja, o jornalismo de invenção, caracterizado por adicionar técnicas de romance aos fatos. A expressão novo jornalismo surgiu a partir de uma matéria do escritor sobre uma exposição de carros personalizados na Carolina do Norte, publicada na revista *Esquire*, em 1965. Sua narrativa marcou a cultura americana. O método revolucionário de Wolfe rompeu com os manuais de redação da época. Ele passou a escrever histórias na primeira pessoa, nas quais qualquer coisa que possa significar status (um isqueiro, um sofá, um penteado) é dissecada em seu aspecto, textura e preço.

Como romancista, Wolfe tornou-se o mestre da cultura pop, antecipando tendências e aproveitando momentos culturais para inspirar suas histórias. Essa reputação veio de seu mais famoso romance, *A fogueira das vaidades*, uma visão mais ácida da era yuppie, em que retrata a sociedade dos anos 80 de um jeito que ninguém foi capaz de fazer. Tom Wolfe consegue evocar a essência dos anos 90 em *Emboscada no Forte Bragg*, publicado originalmente em capítulos na revista *Rolling Stone* em dezembro de 1996. Ele se mantém fiel à incrível capacidade de transportar para a ficção o que está acontecendo em torno de nós neste exato momento.

Rocco L&PM POCKET

Akropolis – Valerio Massimo Manfredi
Devoradores de mortos – Michael Crichton
Sob o sol da Toscana – Frances Mayes
Assédio sexual – Michael Crichton
Como um romance – Daniel Pennac
Emboscada no Forte Bragg – Tom Wolfe

Próximos lançamentos:
Sol nascente – Michael Crichton
A última legião – Valerio Massimo Manfredi
As virgens suicidas – Jeffrey Eugenides